冷たい空気を溶かすような温もりが、
背中から広がり始める。
自分よりも大きな腕に包まれ、
守られているような安心感が胸を満たした。
誰にも愛されなかった
醜穢《しゅうわい》令嬢が
幸せになるまで
~嫁ぎ先は暴虐公爵と聞いていたのですが、
気がつくと溺愛されていました~
3

勉強中の一幕
ウィリアム
アメリア・ハグル

オスカー
ローガン・
ヘルンベルク

ローガンの手が、優しく
アメリアの頭の後ろに添えられる。
少しだけ乾燥した唇が
アメリアの唇に触れた。
触れるだけでは終わらなかった……。

誰にも愛されなかった醜穢《しゅうわい》令嬢が
幸せになるまで
～嫁ぎ先は暴虐公爵と聞いていたのですが、
気がつくと溺愛されていました～
3
Fuyu Aoki
青季ふゆ
Illustrator.
白谷ゆう

Until the ugly filthy daughter who was never loved by anyone became happy.

CONTENTS

プロローグ

ヘルンベルク家の屋敷は、トルーア王国の首都から少し離れた場所にある。

そこからほど近いサトラは、湖から引いた豊富な水をもとに発展した、領地内で最も人口が多い町だ。

そんなサトラの町に、一軒のお花屋さんがあった。

「わああっ――……素敵……!!」

こぢんまりとした店内に少女――ヘルンベルク家当主、ローガンの婚約者アメリアの明るい声が響き渡った。

ミルクのように白い肌、芸術家が手掛けたのかと見紛《みまが》うほど整った顔立ち。

よそ行きのドレスを纏《まと》った身体《からだ》は細いものの、ヘルンベルク家にやってきた時に比べると随分と健康的になっている。

背中まで下ろしたワインレッドの髪は、窓から差し込む陽光に反射し光沢を放っていた。

「いかがですか、アメリア様?」

人懐っこそうな笑顔で声をかけてきたのは、アメリアの侍女ライラ。

小柄な体軀《たいく》に、幼さの残る顔立ち。爛々《らんらん》と輝く赤茶の瞳に、ハニーブラウンの髪。

屋敷ではメイド服を身に纏っているライラだったが、今日は小綺麗《こぎれい》な私服姿だった。

「最高よ！　まさに天国だわ！」

興奮冷めやらぬアメリアの瞳に映るのは、赤や黄色、青や紫など様々な季節の花たち。

木製の棚や吊《つ》り下げられた籠、至る所に花が見栄え良く飾られている。

甘い花の香りに土の匂いは思わず目を閉じてしまうような安心感があって、ずっと嗅いでいたくなった。大の植物好きのアメリアからすると天国と形容する他ない空間だった。

「気に入ってくださって、良かったです」

ピクニックに連れていって貰《もら》った幼子のように喜ぶアメリア。

そんな彼女を見て、ライラは嬉《うれ》しそうにしていた。

「ごめんね、お店の再開はまだなのに」

申し訳なさそうにアメリアは言う。

「本当ならまだ、お母様とゆっくりと過ごしていたでしょう？」

「とんでもございません！」

ライラが頭《かぶり》を振る。

「どこかのタイミングで、アメリア様をうちに招待したいと思っていたので、むしろ来ていただいて嬉しいです！　ね、ママ？」

「もちろん」

店の花の手入れをしていた女性――ライラの母セラスが、手を止めてこちらにやってくる。

ぱっちりとした目元、明るめのブラウンの髪からはライラの面影を感じさせる。

『店で一番綺麗な花』とお客さんの間で専ら評判のセラスだったが、微《かす》かにこけた頰や、かさつきを残した肌からは、熾《し》烈《れつ》な闘病の残香が漂っていた。

「命の恩人の頼みだもの。お店の案内くらい、どうってことないわ」

そう言って、セラスはアメリアに向けた目をやさしげに細める。

暗に感謝の気持ちを伝えられて、アメリアは気恥ずかしそうに口元を緩ませた。

——数日前まで、セラスは紅死病《こうしびょう》と呼ばれる病魔に侵され生死を彷徨《さまよ》っていた。

鼓動が止まり絶望的な状況になるほど、一刻を争う事態だった。

しかし、アメリアが調合した薬によって間一髪一命を取り留める。

今やすっかり元気を取り戻したセラスは、お店の再開に向けての準備ができるくらい回復を遂げていた。そんなセラスにとって。アメリアは命を救ってくれた恩人であった。

「再開に向けて花のお手入れもしないといけなかったから、ちょうど良かったわ。今日はゆっくりと見ていってね」

「はい。お気遣い、ありがとうございます」

ゆっくりと、アメリアは頭を下げた。

すると、ライラがアメリアの肩にパッと手を置く。

「ささ、アメリア様、どうぞどうぞ！」

「じゃ、じゃあ、お言葉に甘えて……」

じゅるりと涎《よだれ》を垂らしそうになりながら、アメリアは店内を回る。ライラのお店に並んでいる花たちはなかなかのラインナップで、アメリアは高揚感を隠しきれなかった。

「こ、この花はエルミ……！　確か、セレニア地方にしか咲かない希少な花よね？」

「そうです！　競り市で最後の一株が奇跡的に残っていたんです。ちなみにエルミには『祝福を招く』という意味があって、この花を玄関に置くと幸運が訪れるんですよ」

「へえ、それは初耳だったわ。わっ、これはシアンダ！」

色とりどりの花の中でも、一際存在感を放つ大きな花を見つけアメリアは大きく目を見開く。

「これ、育成がとても難しいやつでしょう？　実物は初めて見たわ……」

「そうなんですよ～。シアンダは根が繊細なので、過湿と乾燥のバランス、温度や日照時間も厳密に管理する必要もあるんですが……なんとかここまで育ってくれました」

立派に自立した娘を眺める母のように、ライラはそっとシアンダの花びらを撫《な》でた。

「ライラの愛情の賜物《たまもの》ね」

まるで自分事のように、アメリアは目を細めた。

「あ、これは今が旬のユキアゲハ！」

「です！　冬の妖精ですよ～！」

目についた花の名前を口にするアメリアに、ライラが解説をする。

二人とも植物に造詣が深く、出てくる言葉が途切れることはなかった。まるで同じ学校に通う友人同士のように、花についてきゃっきゃと盛り上がるアメリアとライラ。

そんな二人のもとに、入店を知らせる鈴の音が降り注ぐ。

「楽しんでいるようだな」

深みのある穏やかな声が、店内に優しく響く。

入店してきた人物を見て、アメリアの瞳に星屑《ほしくず》が浮かぶ。

目を見張るほどバランスの取れた顔立ちに、長めに切り揃《そろ》えられたシルバーカラーの髪。

薄く結ばれた唇は少々不満げに見えるが、アメリアはよく知っている。

それが彼の普通の表情で、決して怒っているわけではないのだと。

一際主張の強い蒼《あお》い瞳は美しさの中に鋭い知性が光っており、その双眸《そうぼう》に見つめられると、その場から動けなくなってしまいそうだ。

ローガン・ヘルンベルク。

アメリアの婚約者にしてヘルンベルク家の現当主である。

「ローガン様！」

たたたっと、ローガンのもとにアメリアは駆けた。

「お疲れ様です。用事はもうお済みで？」

「ああ、先ほど終わった」

ゆっくりとローガンは頷《うなず》く。

元々、サトラの町に用事があったのはローガンの方だった。

一帯を治める領主として、サトラの町長との定期会議があったのだ。

そのついでアメリアも同行し、ライラのお店を訪ねた、という経緯があった。

「ローガン様、凄《すご》くないですか？　まさにお花の楽園ですよ！」

両手を大きく広げて言うアメリア。

「花屋は初めてだが、なかなか目を楽しませてくれるな」

「そうでしょう、そうでしょう」

うんうんと、アメリアは頷く。

「ライラのお店は珍しいお花もたくさんあって、とってもとっても楽しいです」

興味深げに店内を見回すローガンに、アメリアが弾んだ声で言う。

「気に入った花は見つかったか？」

「はい！」

しゅばっと風のような速さで、アメリアはある花の前にやってくる。

「見てください！　この花、ローガン様に似ていませんか？」

そう言って、アメリアは先ほどライラと盛り上がった花、シアンダを指差した。

シアンダは青く鋭利な花びらが特徴的な花だ。

茎は純白色で、形状はどこかエッジがかかっており、まるで精密なカットを施された宝石のような洗練された美しさを放っている。

「そう、か？」

似ていると評されたローガンはどこかピンと来ていない表情。

「青と白の色味といい、鋭敏そうな佇《たたず》まいといい、ローガン様そのものですよ！」

「なるほど……そう言われると共通点がある気がしないでもない」

ふむ、と顎に手を添えてローガンは頷く。

「せっかくなので、買っていくか？」

「良いんですか？」

「今さら遠慮するな」

「あ、ありがとうございます……」

くるりとライラの方を向いて、アメリアは口を開く。

「というわけで、シアンダを一株買いたいわ」

「毎度ありがとうございます！……と言いたいところですが」

ライラがちらりとセラスの方を見遣《みや》る。こくりと、セラスは頷いた。

「お代は大丈夫ですよ。好きなだけ持っていってください」

「ええっ。そんな、悪いわ」

ライラの言葉にアメリアはぶんぶんと首を振る。

「ただでさえシアンダは育成が難しい、貴重なお花なのに……」

「お金を貰うなんて、とんでもございませんよ」

アメリアの目を真《ま》っ直《す》ぐ見て、セラスは言った。

「繰り返しになりますが、アメリア様は私の命の恩人です。私たちがアメリア様にできる恩返しはこのくらいなので、遠慮しないでください」

「で、でも……」

逡巡《しゅんじゅん》する表情を見せるアメリアに、ライラが言葉を重ねる。

「それに、アメリア様のような心から植物を愛している人に迎えられたら、シアンダも喜ぶと思います！　ぜひ連れて帰ってあげてください」

二人に言われてアメリアは「うう〜……」と悩んでいる様子だったが、やがて「わかったわ」と口にして。

「ありがとう、ライラ、セラスさん。では、お言葉に甘えて……」

真っ直ぐな好意を断る方が、相手の気持ちを裏切ることになる。

ヘルンベルク家に来て、何度か経験してきたことだった。

「いえいえ！　ありがとうございます、アメリア様」

深々と、ライラは頭を下げた。

その後、手慣れた様子でライラはシアンダをラッピングしてくれた。

「どうぞ！」

「ありがとう、ライラ」

綺麗にラッピングされたシアンダを抱える。スッと息を吸い込んでみると、ふわりと甘い香りが鼻《び》腔《こう》を満たし、アメリアは思わず口元を綻ばせた。

「良かったな」

「はい！」

満面の笑みを浮かべるアメリアを見て、ローガンも小さく笑みを漏らした。

そんなローガンにライラが進言する。

「せっかくなのでローガン様も、いかがですか？」

「俺もか？」

「はい！　気に入った花があれば、ですけど」

「……そうだな」

ライラに促されて、ローガンは店内を回る。

しばらくして、エルミの前でローガンは足を止めた。

「なかなか、綺麗な花だな」

エルミは明るいレッドカラーの花びらを持つ、掌《てのひら》ほどの大きさの花だ。

繊細な花びらは重なり合って対称的な形を成し、中心部の濃い色が鮮やかなコントラストを生み出している。太陽の光に照らされると宝石のように煌《きら》めくことで有名だ。

「きらきらしていて、部屋に置くだけで雰囲気が明るくなりそうですよね～」

「そうだな。まるで……」

アメリアの瞳を捉えて、ローガンは呟《つぶや》く。

「君のようだ」

はっきりとした言葉に、アメリアの喉が変な音を立てた。

それからすぐ、アメリアの頬がエルミの花びらと同じ色になる。

「あっ、あの……えっと、ありがとうございます……」

視線を下に向けて彷徨わせるアメリア。

口にした方も気恥ずかしかったのか、ローガンは軽く耳の後ろを掻《か》く。

そんなやりとりをする二人を、ライラとセラスが「まあっ……」と微笑《ほほえ》ましげに眺めていた。

ローガンがエルミの花に決めたことは、言うまでもない。

第一章　お茶会に向けて

醜穢《しゅうわい》令嬢――それは、かつてアメリアに向けられていた蔑称だ。

十七年前、ハグル伯爵家の当主セドリックと侍女との不貞により誕生したアメリアは、母ソフィと共に離れでの軟禁生活を余儀なくされ、侍女や家族から虐げられながら育った。

アメリアの存在によってハグル家の外聞が悪くなり、予定されていた陞爵《しょうしゃく》が取り消されたこと。

また、七歳の時に母ソフィが亡くなったこと。

それらの理由によって、アメリアに対する風当たりは一層強くなった。

加えてセドリックは、正妻リーチェの娘エリンの評判を上げ家の汚名を回復させるべく、アメリアを貴族社会から隔離する。ボロボロの衣服を着せ、食事もロクに摂《と》らせないことによりアメリアは意図的に醜い容貌にさせられた。

そしてアメリアが十五歳でデビュタントを果たした際、社交界の貴族たちから「醜穢令嬢」と噂《うわさ》される。

家族からも社交界からも存在価値を否定され、悲惨な日々を送っていた。

しかし、それも今は昔の話。

ヘルンベルク公爵家の現当主ローガンのもとに嫁いだアメリアは、実家にいた時とは比べ物にならない待遇で迎えられる。

三食きちんと食事を摂れるようになり、無自覚に持っていた薬学に関する能力も認められ、少しずつ健康と人としての尊厳を取り戻していった。

最初は白い結婚のつもりだったローガンも、アメリアの明るく純粋な心根に徐々に絆《ほだ》されていき……やがて二人は心を通じ合わせる。

冬も深まってきた現在。アメリアはローガンと共に、幸せな日々を暮らしていた。

◇◇◇

ライラの花屋からの帰りの馬車の中、アメリアとローガンが肩を並べて座っている。

「ふーんふふーんふーん……」

「上機嫌だな」

「そりゃあもう！」

ラッピングされた花を胸に抱えたまま、アメリアは弾んだ声で言う。

「シアンダとエルミちゃん！　どちらもなかなかお目にかかることのできない貴重なお花ちゃんですよ！　馬車の中じゃなければ喜びの舞を披露しているところです！」

馬車ごと燃えてしまいそうな熱量で語るアメリアの勢いに、ローガンは少しだけ身体《からだ》を引いた。

「相変わらず、植物愛が止まらないな」

「あっ、ごめんなさい、つい……」

「もう慣れている。気にするな」

相変わらずの鉄仮面のまま言うローガンだったが、その口元には僅かに笑みが浮かんでいた。

「ローガン様」

「む？」

「今日は、お付き合いいただきありがとうございます」

「どうした、急に改まって」

「えっと、その……退屈だったんじゃないかと、思いまして」

アメリアが窺《うかが》うように尋ねてくる。

意図を察したローガンは腕を組んでから言葉を口にした。

「確かに、花や植物に興味はなかったな」

（がーん！）

ローガンの淡々とした言葉に、アメリアがショックを受けた顔をする。

「そ、そうですよね！　ごめんなさい、もっと早く切り上げた方がよかったですよね」

「早とちりするんじゃない」

「あうっ」

ローガンに額をつんっと突かれて、アメリアは思わず額を押さえた。

「『なかった』と言っただろう」

「あっ……過去形……」

「そうだ」

小さく頷《うなず》いてから、ローガンは言葉を続ける。

「確かに、前まで植物にも花にも無関心だった。だが、アメリアと一緒に過ごすうちに変わっていった。様々な花や植物と接し、その知識を得る中で……奥が深いと感じるようになった」

蒼《あお》い瞳がアメリアの目を真《ま》っ直《す》ぐ捉える。

「だから、今日は全く退屈ではなかった。むしろ、また機会があれば行きたいと思ったくらいだ」

それは、嘘《うそ》でもご機嫌取りでもない。

本心から紡がれた言葉だとアメリアはわかった。

瞬間、胸にぽかぽかと温《ぬく》もりが灯《とも》る。

「ふふっ」

思わず、アメリアはローガンに身を寄せた。

肩からローガンの温もりが伝わってきて、どことなく落ち着く。

「どうした？」

「なんでもありませんよー」

わざわざ言葉にするのはちょっぴり照れ臭かった。

常日頃から愛してやまない植物を、ローガンも好きになってくれている。

それも、自分の影響で。その事実だけで、頬の筋肉がゆるゆるになってしまう。

「そういえば、ローガン様は趣味などあるのですか？」

「ないな」

「即答!?」

「仕事が趣味なところがあるからな。それ以外の時間は基本的に、アメリアと過ごすようにしている」

「わっ……私とっ……!?」

不意打ちを受けてアメリアはほんのり頬を朱に染める。

「そう仰《おつしや》っていただけるのは嬉《うれ》しいですが、そういうのではなくて……」

言葉を頭に浮かべてから、尋ねる。

「仕事が忙しくなる前は、空いた時間に何をしていたのですか?」

「そう、だな……」

ふむ……とローガンは顎に手を添える。

それからじっくりと、遠い昔を思い起こすようにしてから口を開いた。

「たまに、美術館に立ち寄ったりしていた」

「美術館!」

どこか非日常感のある響きに、アメリアの声が弾む。

「聞いたことはあります! 確か、昔の絵や彫刻とかがたくさん飾られている場所ですよね?」

ずっと実家に軟禁されていたアメリアは、知識だけで知っていた。

「そんなところだ」

「美術館の、どういうところが面白いのですか？」

「歴史を感じられるところ……だな」

間髪を容《い》れずにローガンは答えた。

「歴史を感じられる……」

「ああ」

ローガンは頷く。

「美術館に展示されている作品は、単なる芸術品以上のものだ。過去の時代の文化や人々の生活や考え方、感じ方……そして作者の情熱や苦悩、政治的な背景が込められている。いわば美術館を訪れることは、時間を超えた旅をするようなもの。歴史に触れ、何かを学び、感じ取ることができる……それが美術館の面白さで……」

そこまで話したところでローガンはハッとして言葉を切った。

ゴホンと咳払《せきばら》いをして、どこか気恥ずかしげに付け加えた。

「すまない、熱が入ってしまったな」

「いえいえいえいえいいえ!!」

ぶんぶんぶん！

勢いよくアメリアは首を振った。

「なんだか、植物のことを話してる時の私みたいですね」

「やけに嬉しそうだな？」

「そりゃあ、もう」

身体が自然と揺れた。ローガンはあまり、自分のことを話さない。

何が好きで、何が嫌いなのか。

例を挙げろと言われても、出てくるのは両手で数えられるくらいだ。だからこそ。

「好きな人の知らなかった一面を知れて、とても嬉しいですよ」

アメリアが言うと、ローガンはぽりぽりと首の後ろを掻《か》いた。

そんな照れ隠しの動作すら愛《いと》おしい。

(そういえば……)

アメリアは思い出す。

(屋敷には色々な絵画が飾られているわね)

インテリアの一つとして、普段は気にも留めなかった絵画。

しかしローガンの話を聞くと、しっかりと家主の趣向に沿って飾られているのだとわかる。

あの大きな屋敷に、しっかりと血が通っているように感じられた。

「美術館、私も行ってみたいです」

気がつくと、そんな要望を口にしていた。

「きっと退屈するぞ?」

「大丈夫ですよ」

確信めいた笑顔で、アメリアは言う。

「好きな人が好きなものに、興味を抱かないわけがないじゃありませんか」

ローガンが息を呑《の》む気配。

「私も、ローガン様の好きなものを見てみたいのです。ローガン様が、私の植物の趣味に興味を抱いてくれたように」

その言葉に、ローガンの口角がほんの少しだけ持ち上がった。

しかしすぐに平静の表情に戻って。

「行くにしても、お茶会が終わってからだな」

「そっ、そうですね……」

お茶会、と聞いてアメリアの背筋がピンと伸びた。

エドモンド公爵家が開催するお茶会まで、あと一週間。

ローガンの婚約者になって初めて、社交界に顔を出す機会であった。

おもむろにローガンは懐中時計を確認して言った。

「そろそろ来ているはずだ」

◇◇◇

屋敷に帰宅した後、応接間にて。

「初めまして。コリンヌと申します」

優雅にお辞儀をする初老の女性――コリンヌ。

「貴家の家庭教師としてお仕えする機会を賜り、心より感謝申し上げます。何卒《なにとぞ》よろしくお願い申し上げます」

丁寧な言葉遣いをこなし、穏やかな声でコリンヌは言った。

後ろで纏《まと》められた髪は落ち着いた色合い。

背はすらりと高く、染み一つないフォーマルな服を身に纏っている。

柔和ながらも鋭さの光る双眸《そうぼう》には、知性を纏った眼鏡をかけていた。

所作はどれも美しく、お辞儀一つをとっても長年にわたる礼儀作法の経験と教養が窺える。

「アメリアです。よ、よろしくお願いいたします！」

アメリアが勢いよく頭を下げると、眼鏡の奥がきらりと光った。

「お辞儀はもっとゆっくりと、角度はもう少し浅く。声量は控えめに」

「え？」

「さあ、もう一度」

有無を言わせない圧を感じ、アメリアは息を呑む。

（お辞儀はもっとゆっくり……角度はもう少し浅く……声量は控えめに……）

コリンヌに言われた言葉を心の中で反芻《はんすう》しながら、再びアメリアは頭を下げた。

「よろしくお願いいたします」

「結構でございます」

満足げにコリンヌは頷いた。

続けて、ローガンがコリンヌの紹介を口にする。

「コリンヌ先生は社交界での振る舞いや礼儀作法を専門にしているお方だ。俺も、小さい頃に世話になった」

「その節は大変お世話になりました」

再び、コリンヌは優雅なお辞儀を披露する。

無駄のない洗練された動きに、アメリアは「わあ……」と言葉を漏らしてしまった。

コリンヌがヘルンベルク家にやってきた経緯は単純だ。

アメリアがローガンに、社交界での振る舞いに関して自信のなさを吐露したためだ。

元々、アメリアは伯爵家の人間だが、離れに軟禁されていたのもあり、社交界での礼儀作法はほとんど教えて貰《もら》っていない。

幼い頃に母から齧《かじ》る程度を教わり、その後は独学で見よう見まねで習得したものの、お世辞にも完璧に振る舞えるとは言い難い。

ローガンの隣に立って、公爵家の婚約者らしい立ち振る舞いができるかと言うと怪しいところであった。

ただでさえアメリアは『醜穢令嬢』だの『ハグル家の疫病神』だの悪い評価を持たれている。

エドモンド家のお茶会によって、余計にヘルンベルク家の名を汚してしまうかもと考えると不安で仕方がなかった。

という胸の内を、アメリアがローガンに明かすと。

『心配なら、家庭教師をつけるか？』

そんな提案によってやってきたのがコリンヌであった。

「社交界におけるマナーは、習得に時間を要するものでございます。礼儀作法とは、長きにわたり繰り返し練習を重ね、徐々に洗練されていくものです」

落ち着いた語り口でコリンヌは説明する。

「しかし、今回は残念ながら時間の制限がございます。なので基本的な要点に焦点を当て、少しでも自然に振る舞えるレベルにまで、ご指導させていただきたいと思います」

「はい、よろしくお願いいたします！」

「声は控えめに」

ぴしゃりと、コリンヌに注意されてしまい、アメリアの背筋が伸びる。

「元気なのは良いことですが、社交の場では落ち着きがないと見られてしまいますよ」

「お、仰る通りです……よろしくお願いいたします」

「結構でございます」

ふんわりとコリンヌは微笑《ほほえ》む。

ただ厳しいだけではない、時折見せる穏やかさにアメリアはホッと胸を撫《な》で下ろした。

「俺は仕事で席を外す。あとは頼めるか？」

「お任せくださいませ」

アメリアの方に向き直り、ローガンは言う。

「コリンヌ先生は厳しいが、腕は確かなお方だ。一通りのことはしっかりと学べると思う」

「ローガン様のお墨付きでしたら、安心ですね。ありがとうございます」

感謝の言葉を口にするアメリアの肩に、ローガンは優しく手を置いて言葉を口にした。

「頑張れ」

「はい」

こうして、アメリアの特訓が始まった。

◇◇◇

「まずは、貴婦人の歩き方から始めましょう」

コリンヌは部屋の中央に立ち、落ち着いた声で指示を出す。

「歩き方一つ取ってみても、単純ではありません。背筋を真っ直ぐにして、顎は軽く引く。足は直線的に、足音は極力立てず一歩ずつ踏み出してください。このように……」

コリンヌが説明した通りの手本を見せてくれる。

(す、凄《すご》い……)

豪華なドレスを身に纏っているわけでもないのに、歩き方だけでコリンヌが一人の淑女のように感じられた。

「さあ、後に続いてください」

「わかりました」

緊張した面持ちで、アメリアは一歩踏み出す。

先ほどコリンヌが説明した内容を思い起こしながら、部屋の中を歩いてみる。

「動きが硬いですよ。もっと肩の力を抜いてください」

「は、はいっ」

「顎を引くのを忘れてますね」

「申し訳ございませんっ……」

隣を一緒に歩くコリンヌに指摘されながら、アメリアは少しずつ正しい歩き方を形作っていく。

「そうそう、その調子です。重心は常に中心に保ち、足首を軽く曲げて歩くのです」

「重心は常に中心……足首を軽く曲げる……」

コリンヌの指摘を素直に聞き入れ、身体に反映させる。

基本的な動作は抑えていたのもあり、歩みから少しずつ迷いが取れてきた。

「歩き方はこれくらいで良いでしょう」

「ありがとうございます」

自然な動作でアメリアはお辞儀をする。

「お辞儀は形になってきましたね」

口元を僅かに綻ばせてコリンヌは言う。

褒められて、アメリアは思わず嬉しくなった。

「次に、カーテシーの練習をしましょう」

ピンと人差し指を立ててコリンヌは続ける。

「言うまでもないですが、カーテシーは社交界で非常に重要な所作です」

強調するように言ってから、コリンヌは足を揃《そろ》える。

「まずは足を揃え、片足を僅かに後ろに滑らせます」

デモンストレーションを行いながら、コリンヌは言葉を続ける。

「そして、上半身を少し前に傾けながら、膝を優雅に曲げていくのです」

「足を揃えて、片足は少し後ろに……」

「この際、背筋は伸ばしたまま、頭は高く保つのがポイントです」

コリンヌの説明を繰り返し呟《つぶや》き、アメリアはカーテシーをやってみせる。

表情は真剣そのもの。針の穴に糸を通しているかのように集中している。

「悪くありません。しかし、やはり硬いですね」

「か、肩の力を抜きますっ」

「抜きすぎないように。カーテシーは身体の軸が重要になる動作です。力を抜きすぎると、だらしなく見えてしまいます。大事なのはバランスです」

「大事なのはバランス……わかりました……」

真面目な面持ちで、アメリアは改善に努めた。

「そうそう、その調子です。優雅に、滑らかに、落ち着いて。カーテシーは貴方《あなた》の品位を表現するものです」

コリンヌの言葉を胸に、アメリアは少しずつ動きを洗練させていく。

繰り返しの練習の中で、カーテシーは少しずつ形になっていった。

文句一つ口にせず真面目に取り組むアメリアを、コリンヌはジッと見極めるように見守っている。

しかし、その瞳の奥はどこか柔らかく、素直な生徒を見守るような穏やかさを灯していた。

◇◇◇

どれくらい時間が経《た》っただろうか。

「はあ、ふう……」

歩き方、カーテシー、そしてお辞儀の練習を繰り返し行って、疲労が表情に滲《にじ》んできたアメリアを見てコリンヌは言う。

「少し休憩にしましょうか」

「あ、ありがとうございます……」

アメリアがその場にへたり込むと同時に、侍女のシルフィがタオルや水を持ってやってくる。

「アメリア様、大丈夫ですか？」

「うん、平気よ。ありがとう」

シルフィから受け取ったタオルで滲んだ汗を拭くアメリア。

ひんやりとした感触が心地よく、思わずほっと息が漏れた。

そんなアメリアに、コリンヌは淡々と言う。

「基礎的な形はできているのですが、やはり動きがぎこちないですね」

「うっ……」

痛いところをつかれたとばかりにアメリアは言葉を飲み込む。

「重要なのは教科書通りの動きをこなせるかではなく、自然な動作で行えるかです。これはもう、何度も繰り返して身体に覚えさせるしかないでしょう」

「仰る通りです……お手を煩わせてしまい申し訳ございません」

「謝ることは一つもございません」

目を閉じ、コリンヌは頭《かぶり》を振る。

「礼儀作法は、いかに実践したかによって洗練度が変わってきます。社交の場にほとんど顔を出してないのであれば、仕方ありません」

公爵の婚約者にも拘《かか》わらず、アメリアは十五歳のデビュタント以降、社交の場に出ていない。

その辺りの事情は把握してくれているようだった。

（確かに仕方がないのかもしれない、けど……）

それを言い訳にして社交の場で醜態を晒《さら》すわけにはいかない。

お茶会に出席する貴族たちは、こちらの事情など汲《く》み取ってはくれない。

会場での振る舞いがそのままアメリアに対する評価になる。

そしてその評価は、婚約者であるローガンの評価に紐付《ひもづ》いているのだ。

(ローガン様に恥を掻かせないよう、頑張らないと……)

そう思うと、身体に力が戻ってきた。

水を一気に飲み干し、大きく深呼吸をする。

コリンヌを見上げて、アメリアは力強く言った。

「休憩はもう大丈夫です。続きをお願いいたします」

「やる気充分なのは、素晴らしいことですね」

ふ……と少しだけ、コリンヌが口角を持ち上げたような気がした。

こうしてアメリアは再び、コリンヌの指導のもと礼儀作法のレッスンに戻るのであった。

◇◇◇

コリンヌの指導のもと、アメリアは一生懸命授業に取り組んでいる。

そんな彼女を、扉の隙間からそっと見守る影が二つ。

「アメリア様は順調そうですかな?」

「ああ、おそらく……」

ローガンとその執事、オスカーであった。

「コリンヌは確かな腕を持っているが、大分厳しいからな。アメリアの心が折れないか、心配だ」

「ローガン様も幼い頃、こっぴどくやられておりましたからね。いやはや、昨日のことのように思い出せます」

「その記憶は忘れて貰って構わない。むしろ忘れてくれ……」

勘弁してくれとばかりに言うローガンに、オスカーは「ほっほっほ」と笑みを溢《こぼ》した。

しかしすぐに表情を真面目なものに戻し、確信めいた声で言う。

「アメリア様なら、きっと大丈夫ですよ。ローガン様も、わかっているでしょう?」

オスカーの言葉に、ローガンは当然とでも言うように頷く。

だがそれでも心配だとばかりに、再びローガンは扉の隙間からアメリアの様子を窺い始めた。

そんなローガンを見て、オスカーは微笑ましげに目を細める。

それから主人に聞こえないくらい小さな声量で呟いた。

「ローガン様は本当に、アメリア様のことが……」

◇◇◇

気がつくと、窓の外は夕暮れのオレンジ色に染まっていた。

「今日はこのくらいにしておきましょうか」

コリンヌの一声で、部屋中に張り詰めていた緊張の糸が一気に緩む。

身体から力が抜け、そのままぶっ倒れそうになるのをなんとか堪《こら》え、アメリアは覚えたてのお辞儀を披露した。

「今日は一日、ありがとうございました」

「こちらこそ、ハードな内容にも拘わらず付いてきていただき恐縮です」

授業を終えて若干角の取れた声色のコリンヌに、アメリアは恐る恐る尋ねる。

「それで、あの……お茶会までに、なんとかなりそうでしょうか？」

「絶対とは言えませんね。正直、時間が限られていますので」

「や、やっぱり、そうですよね……」

即答されてしょんぼりするアメリア。

色々とバタバタしていて、お茶会のことがすっぽり抜け落ちていた自分を恨んだ。

（こんなことなら、お茶会が決まった時点でローガン様に頼むべきだったわ……）

肩を落とすアメリアに、コリンヌは安心させるように言う。

「気落ちすることはございませんよ。最低限の見え方にはなると思います」

コリンヌの言葉に、アメリアは顔を上げる。

「基礎的な動作は身についたようなので、後は細かい部分を改善していけば、それなりにはなると思います。それと、今日接した中でも、アメリア様は素直で一生懸命な方だとわかったので、特に心配はしておりません」

「ありがとうございます……そう仰っていただけると、嬉しいです」

ほっと、アメリアは安堵《あんど》の息を漏らした。

「さて。ではそろそろ、私はお暇《いとま》いたします」

上着を羽織って、コリンヌは別れの挨拶を口にする。

「明日《あした》もまた来ますので、今日学んだことをご自身で復習しておいてくださいね」

「は、はい！　ご指導いただきありがとうございました！」

「落ち着いた声で」

「うっ……はい、ありがとうございました」

「よろしい」

こうして、一日目の礼儀作法の授業を終えた。

先は長そうだが、少しずつ進歩はしている実感を持つアメリアであった。

◇◇◇

コリンヌが帰宅した後。

夕食までまだ時間があったので、アメリアはローガンの執務室を訪ねた。

ローガンもちょうど仕事を終えたところだった。

「随分こってりとやられたようだな」

「抜け殻の気持ちです」

ふかふわのソファの上。ローガンの隣で、アメリアは口から魂が漏れ出そうになっている。

「普段使わない頭と身体を使ったせいか、なんだかぼーっとします」

「大丈夫か？」

ずいっとローガンがアメリアの顔を覗《のぞ》き込む。

アメリアの視界に、憂慮を浮かべたローガンの顔立ちが広がった。

「体調は悪くないか？　明日からもやっていけそうか？　辛《つら》いなら、一日くらい休んでも……」

「いえいえ！　大丈夫です！」

ぶんぶんとアメリアは頭を振る。

「確かに疲れはありますが、へっちゃらです。一日ぐっすり寝たら、回復しますよ」

両手をぎゅっと握って、元気さをアピールしながら、アメリアは実家の離れにいた時のことを思い起こす。

（餓死一歩手前で食べ物を探し回ったり、冬の寒い日に暖を取るための薪《まき》を割ったり……あの時に比べたらどうってことないわ……）

我ながらよく生きていたなと苦笑が漏れた。

「そうか……ならいい」

「ご心配いただきありがとうございます。コリンヌ先生は厳しいですが、指摘はとても的確で、上達を実感しています」

「腕は確かなお方だからな」

しばし沈黙の後。不意に、アメリアの肩が抱き寄せられた。

ぽす、とアメリアはローガンに頭を預ける。

「お疲れ様」

穏やかな声が、子守唄のようにアメリアの鼓膜を震わせる。

大きな掌《てのひら》が、アメリアの髪を優しく撫でた。

「……はい」

もっと、ローガンの存在を感じていたい。

そんな思いで、アメリアはローガンの身体にぐっと身を寄せた。

温もりを纏った指が髪を梳《す》くたびに、瞼《まぶた》が重くなる心地よさが到来する。

「よく頑張ったな」

こくりと、アメリアは頷く。するとじんわりと、瞼の奥が熱くなった。

自分の頑張りを褒めてくれる人がいる。労《ねぎら》ってくれる人がいる。

それだけで、胸がいっぱいになる思いだった。

夕食の時間まで、アメリアはローガンの温もりを感じていた。

◇◇◇

ローガンとの夕食をいつもより早めに終えた後。

アメリアは自室に戻り、歩き方とカーテシーの練習に取り組んだ。

（コリンヌ先生に言われた通り、私に足りないのは自然な動作……）

実際の社交界に足を運んでいないのもあって、動きの一つ一つに余裕が感じられない。

それを払拭するには、反復練習しかなかった。

（ローガン様の隣に立っても恥ずかしくないように……）

その一心で、アメリアは練習に励んだ。コリンヌに教わった言葉を反芻しながら、歩き、カーテシーをし、自分の姿を鏡で確認しながら何度も何度も繰り返す。

どれくらいの時間、没頭していただろうか。

夜も深まり、普段ならそろそろ就寝している時間になって、部屋にノックの音が響いた。

「今、大丈夫か？」

「は、はい、どうぞっ」

入室してきたのはローガンだった。仕事着ではなく、寝巻きに着替えている。

「いかがなさいましたか？」

「様子を見にきた。アメリアのことだから、夜も練習に励んでいると思ってな」

額に汗を滲ませたアメリアを見て、ローガンは言う。

「流石《さすが》、お見通しですね」

「いつもよりも、夕食を急いで摂っている様子だったからな」

自分のことをよくわかってくれていることが嬉しくて、アメリアは思わず笑みを溢す。

「少し休憩にしないか？　クッキーを持ってきた」

「クッキー！」

ぴょんっとアメリアは跳ねた。

「聞くまでもなかったようだな」

ふっと小さく笑って、ローガンはベッドのそばのテーブルにクッキーがこんもり盛られた皿を置く。水も用意してから、二人一緒にベッドに腰掛けた。

サクッと小気味良い音を立てて、アメリアはクッキーを齧る。

「んー！　美味《おい》しいですっ……ちょうど、甘いものが欲しいと思っていたんですよ」

「それは良いタイミングだった」

落ちそうな頬を押さえて至福の表情を浮かべるアメリアを、ローガンは微笑ましげに眺めている。

「ローガン様も、どうぞ」

「ああ」

アメリアに差し出されて、ローガンもクッキーを一つ口に放り込んだ。

「バターの風味が濃くて美味《うま》いな」

「ですよねっ」

美味しいものには手が止まらなくなってしまう。しばらくの間、二人はさくさくとクッキーを味わった。クッキーを平らげた後、不意にローガンが口を開いた。

「アメリア」

「はい」

「もっと遠慮せず、甘えてもいいんだぞ」

「えっ……」

躊躇《ためら》いがちにかけられた言葉に、アメリアの胸がドキンと高鳴った。

思わず、ローガンの横顔を見上げてしまう。

「今さら言葉にするまでもないが、当初の契約結婚という体はもうなくなった。俺たちは……愛し合っている。だから、したいことをするのが良いと、思う」

羞恥を滲ませ、ぎこちなく並べられた言葉の一つ一つがアメリアの感情を揺さぶる。

愛し合っている。口に出してみると、なんて甘美な響きだろうか。

一生無縁だと思っていた温かい概念には、未《いま》だ現実感が湧かない。

(でも、これは現実……)

今身を寄せている、ローガンという男を自分は愛している。

それは確かな事実として存在していた、しかし。

「……わからないんです」

「む?」

ぎゅ……と、ローガンの寝巻きの袖を指で摘《つま》んで、迷子になった幼子のようにアメリアは言う。

「甘えてもいい……と言われても、どのようにすれば良いのか……」

実家では甘えることは一瞬たりとも許されなかった。

家族にも、使用人たちにも、ただ虐げられる日々を送っていた。

唯一心を許していた母はもう随分と前から居ない。

一人の時間が長かったから、アメリアは他人への甘え方をすっかり忘れてしまっていた。

そんなアメリアの心情を、ローガンは感じ取ったのかはわからない。

「ふむ、なるほど……」

考える素振りを見せてから、ローガンは動いた。

「こういうのはどうだ?」

「ひゃっ……!」

何の前触れもなく、視界が横向きになった。

ローガンの腕が、アメリアの身体をゆっくりと倒したのだ。

小さな頭が、ローガンの膝の上に来るような体勢になる。

頬にローガンが穿《は》くズボンの繊維の感覚。いわゆる、膝枕だった。

「どうだ?」

上からローガンの声が降ってくる。

顔は反対の方向を向いているため、ローガンの表情は見えない。

(どう……と言われましても……)

突然のことで心が追いついていない。心臓がドキドキとうるさい。

鼓動がローガンの太腿《ふともも》に伝わっていないか心配になった。

そっ……と、大きな手がアメリアの髪に触れる。

そのままゆっくりと、宝物を扱うかのように撫でられる。

優しい手つきが髪を行き来するたびに、とろんと瞼が重くなった。

「……気持ち良い、です……」

飼い主の膝の上で撫でられ、喉を鳴らす子猫のようにアメリアは言う。

「何よりだ」

ローガンは満足げな声だった。

「ありがとうございます……ローガン様」

「どうってことない」

自分よりもずっと大きな膝の上に頭を預け、撫でられる。

優しくて、ゆったりとしていて、とても心地よい時間だった。

しばらくの間、アメリアはローガンの膝枕にされるがままであった。

◇◇◇

アメリアがローガンに膝枕セラピーを受けている頃。アメリアの実家であるハグル伯爵家の屋敷は、以前と比べ火の消えたような寂しさが漂っていた。

「もう、我慢できないわ！　アナタ、いつ新しい使用人を雇えるの!?」

ハグル家の当主セドリックの執務室に、妻リーチェの怒号が響き渡る。

「掃除も行き届いていない、食事もどんどん不味《まず》くなって出てこない日もある！　伯爵家の名が泣いてるわよお父様！」

続けて声を張ったのは娘エリンであった。

「ぐ……ぐぬぬ……」

二人からの集中砲火に、セドリックは何も言い返すことはできない。

ただただ机に突っ伏して耳を塞ぐばかりであった。

改善の見込みすらないほどに、ハグル家の状況は悪化の一途を辿《たど》っていた。

元々当主のセドリックは使用人の扱いが雑で金払いも悪かった。

真面目で向上心のある使用人は次々と辞めていってしまい、後に残ったのは能力もなく隙あらば怠惰を謳歌《おうか》しようと考える使用人たち。

そんな彼女たちの多くも、メリサの一件でハグル家に多大な賠償金が降りかかってきた影響で解雇となり、掃除はもちろんのこと日々の食事も満足に作れない状況であった。

当然、生活水準は急降下しリーチェや娘エリンの不満は蓄積されていく。

賠償金の補塡のために、リーチェとエリンのドレスや宝石を無断で売り払ったのもあって、彼女たちの怒りは限界を迎えていた。

このままではまずいと、状況を打開しようとセドリックは奮闘した。

しかし、領民への税金は暴動が起きるギリギリまで上げている。

特段金になる産業もなく、借入のアテもない。

普通に考えると、質素に暮らして蓄えが安定してくるまで耐えるしかないのだが、今まで散々贅《ぜい》沢《たく》三昧《ざんまい》してきた二人が耐えられるわけがなかった。

訳もわからず貧相な生活を送ることになった怒りの全てを、二人はセドリックにぶつけていた。

当初は強気の姿勢だったセドリックも、言い返す気力がなくなってしまう。元々セドリックは、アメリアの母ソフィとの不貞のこともあって、家庭内での立場はそう強くない。

贅を尽くした身体とは裏腹に、目元には濃いクマが刻まれていた。

もはやセドリックにできるのは、二人の怒りが収まるまでじっと耐え忍ぶことだけであった。

「アナタと結婚したのが全ての間違いだったわ!!」

バンッと扉を乱暴に閉めてリーチェが退室する。

(やっと終わったか……)

嵐は過ぎ去ったと、セドリックはホッと胸を撫で下ろした。

「なに助かったみたいな顔をしているのお父様！」

もう一つの嵐は過ぎ去っていなかった。

「お母様は気が済んだかもしれないけど、私はまだ許してないんだからね！」

強い語気と共にセドリックに迫るエリン。

「エリン、もう勘弁してくれ。お父さんも色々考えているんだ……お金のことは頑張ってなんとかするから、もう少し待っていてくれ」

「当然よ！　売り払ったドレス、全部買い戻してくれるまで許さないからね！」

怒りがおさまらないエリンに、セドリックは内心でため息をつく。

（流石に、甘やかしすぎたか……）

今になってようやく、エリンの教育に対して後悔の念を抱くセドリックであった。

「そういえばエリン、エドモンド公爵家のお茶会には変わらず行く予定か？」

これ以上の罵倒は堪《たま》ったものじゃないと、セドリックは会話の舵《かじ》を切る。

「もう出席で文を出してしまったもの。行かざるを得ないじゃない」

盛大にため息をついてエリンは続ける。

「お父様のせいで古臭い芋ドレスで出席することになったわ。これで私の評判が落ちたら責任取ってよね！　ああもう!!　新作のドレス、皆《みんな》に自慢するのが楽しみだったのに……」

「す、すまない……本当にすまないと思っている……」

話を変えたつもりが、別の怒りに火がついてしまったようだった。

（そうだ、言い忘れていた）

ハッと思い出して、セドリックは口を開く。

「お茶会への招待客の名簿を見たが……アメリアも出席するのだな？」

セドリックの質問に、エリンはピクリと眉を動かす。

「出席するらしいけど、それが何よ？」

「エリン」

真面目な顔をしてセドリックは、言葉を口にした。

「お茶会の場で、アメリアとは関わるんじゃないぞ。できれば一言たりとも、言葉を交わさないように」

セドリックの言葉に、エリンはぱちぱちと目を瞬かせた。

数週間前。ハグル家の元侍女メリサが、ヘルンベルク家の敷地内でアメリアに暴行を加えた。

ローガン公爵がアメリアに買い与えたクラウン・ブラッドのペンダントを破壊したこともあり、ハグル家は多大な被害を被《こうむ》ることになった。

社交界におけるローガン公爵の評判は良くないものの、実質的な力はハグル家の比にならない。

ローガン公爵もいるお茶会の場で、エリンがアメリアに昔のノリの延長で侮辱発言をしたり、危害を加えるようなことがあったらどうなるか……考えたくもなかった。

「なんでお姉様の名前が出てくるの!?　お姉様に何をしようと私の勝手でしょう!?」

セドリックの思惑とは裏腹に、エリンは納得がいかないとばかりに叫ぶ。

セドリックは己の保身のために、メリサの一件をエリンに伝えていない。

そのため、エリンにはセドリックの言葉の意図が理解できるはずもなかった。

「とにかく、駄目なものは駄目だ！　当日はアメリアと一切関わるな、いいな！」

ずっと言われるがままだったセドリックが初めて大声を上げた。

今まで自分には甘々だった父の突然の怒号に、エリンは思わず言葉を詰まらせる。

これだけは勘弁してくれとばかりの表情をするセドリックに、エリンはぷるぷると拳を震わせて。

「……わかったわ、お父様。お姉様とは、一言も喋《しゃべ》らないようにするわ」

「すまない、エリン。頼んだぞ」

安心したようにセドリックは息を吐いた。

◇◇◇

セドリックの執務室を退室した後。

「ふんっ、誰が聞くもんですか」

執務室の扉に向かって、エリンはあかんべーをする。

父親の言いつけなどサラサラ聞く気がないという意思表示であった。

「皆の前で、お姉様に恥の一つや二つかかせないと気が済まないわ」

それは、エリンの確固たる決意であった。

エリンはセドリックによって、何の前触れもなく大事なドレスや宝石を売り捌《さば》かれてしまった。

そのことにエリンが激昂《げきこう》したのは言うまでもない。

なぜこんな真似《まね》をしたのかとセドリックを問い詰めると、こんな答えが返ってきた。

——私は何も悪くない!!　全部全部!　アメリアが悪いのだ!!

そんな言葉を聞いたエリンは、アメリアが嫁ぎ先の公爵家で不手際を働いて、その皺寄《しわよ》せが家に来たのだと考えた。

プライドが高いエリンは、父であるセドリックが何か問題を起こしたとは考えなかった。

すなわち、ドレスや宝石が売られたのも、屋敷での生活が苦しくなったのも。

（全部全部、お姉様が悪い……）

そうエリンは確信していた。自分の生活を脅かす諸悪の根源、憎しみの対象。

そんな姉と会う絶好の機会に何もしないなんて、エリンには考えられなかった。

「さて、何をしてやろうかしら……」

ニヤリと、エリンは口角を三日月のように吊《つ》り上げた。

◇◇◇

コリンヌ先生の授業が始まってから三日が経過した。

その日は、朝早くからコリンヌに来て貰った。

午後からは別の予定があるため、昼には切り上げるスケジュールで、アメリアは礼儀作法の講義を受けている。

「お紅茶を嗜《たしな》む際には、まずカップを持つ指の位置に注意してください」

昨日に引き続き歩き方やカーテシーの練習をした後、二人は食堂に移動して紅茶を飲む所作についての授業をしていた。

「人差し指と親指でカップの取手を優しく挟み、中指で下から支えます。他の指は自然に伸ばすのです」

コリンヌはアメリアに、紅茶を飲む際の作法を実演していた。

「人差し指と親指でカップの取手を……」

コリンヌの指示に従い、アメリアは緊張した面持ちでカップを持ち上げる。

「ここからが本番です。カップを口元へ運ぶ際は、肘を身体から離さずに。そして……」

カップを傾け、コリンヌはすっと紅茶に口をつけた。

「飲むときはカップの音を立てず、ゆっくりと傾けてください」

アメリアは小さく頷いてから丁寧にカップを傾け、静かに一口飲んだ。

コリンヌが満足そうに頷く。

「そうです、その調子です」

コリンヌの言葉に、アメリアはホッとしたのも束《つか》の間《ま》。

「四十点です」

「ええっ!?」

ギョッとして、アメリアはカップを落としそうになった。

「そこです」

ビシッと、コリンヌは鋭い言葉をアメリアに投げかける。

「アメリア様に足りないのは『余裕』です。私の予想外の言葉に動揺して、紅茶を少し溢しましたね？」

「あ……」

言われて、テーブルクロスに紅茶の染みが滲んでいることに気づく。

「社交の場では、様々な情報や意見が交わされます。悪意を以《もっ》て、心を乱す言葉をかけられることもあるでしょう。そんな状況においても動揺を悟られず、落ち着いた所作で紅茶を嗜む。これが、淑女の余裕なのです」

「な、なるほど、確かにですね。奥が深い……」

ふむふむと頷くアメリアに、コリンヌは続ける。

「紅茶を嗜む動作一つにも、貴婦人の『格』が表れます。くれぐれも心に留めておいてください」

「留意いたします」

「結構でございます。それではもう一度」

それから何度も、アメリアは紅茶を嗜む所作をコリンヌに教わった。繰り返す中で徐々に身体が慣れていき、コリンヌが言う余裕がだんだんと出てきたように感じられた。

しばらくして、コリンヌが腕時計を確認しながら言う。

「今日のレッスンはここまでです」

終わりの合図が告げられた途端、アメリアは席を立ち優雅な所作で頭を下げた。

「今日もありがとうございました、コリンヌ先生」

「結構でございます」

コリンヌは相変わらず涼しい顔だ。

「歩き方やカーテシーについては昨日より良くなったと思います。私が帰った後も、よく練習していたようですね」

「恐縮です」

にやけが顔に出ないよう気をつけながらアメリアは言う。

コリンヌによる再三の指摘によって、アメリアの落ち着きのなさは多少緩和されていた。

「明日からはダンスの練習です」

「ダンス……」

ごくり、とアメリアは唾を飲む。

「お茶会の場では必ずしもダンスをするとは限りませんが、念のためです。夜更かしはせず、体力を充分にしておいてください」

「はい、わかりました」

同意したものの、内心は不安でいっぱいであった。

歩き方や食事マナーなどは知識である程度どうにかなるが、実際に大きく身体を動かすダンスに関しては、アメリアにはあまり自信がない。

（とはいえ、やるしかないわ……）

きゅっと、アメリアは唇を結ぶ。

もう日はあまり残されていない。立ち止まっている暇はなかった。

「私はこれでお暇します。授業以外の時間でもなるべく、淑女としての振る舞いを意識してくださいね」
「わかりました」
「お茶会まであと四日、できる限りベストを尽くしましょう」
「はい、今後ともよろしくお願いいたします」

第二章　何があっても、俺がアメリアを

コリンヌが帰宅した後、アメリアはすぐに昼食を摂《と》った。

午後の予定に備え一休みしてから、アメリアは筆記用具と植物関連の本を持って勉学の間に移動する。しばらくすると、一人の男性がやってきた。

「お待たせいたしました、アメリア様」

アメリアのもう一人の家庭教師、カイド大学の教授ウィリアムである。

知的な雰囲気を纏《まと》った端整な顔立ちに、すらりとした背の高さ。

教授という肩書きの割に容貌は若く、先日年齢を尋ねたところまだ三十にもなっていないとのこと。長く整えられた金色の髪、静かに佇《たたず》む青い瞳にはモノクル。

一見すると聡明《そうめい》そうな美丈夫だが、目元には隠しきれないクマが刻まれており、生活はお世辞にも健康的とは言い難かった。

服装はいつもと変わらず深緑色のベストに黒のスラックス、白いシャツには黒いネクタイが調和を成していた。

「いえいえ！　楽しみにお待ちしておりました、ウィリアムさん」

胸を弾ませながら、アメリアは落ち着いた所作で頭を下げた。

ウィリアムは王立カイド大学で、植物の調合を主とした薬学を専門としている教授だ。

ローガン曰《いわ》く国内で彼以上に薬学に精通した者はいないらしい。植物について一から学びたいというアメリアの要望に沿って、ローガンが家庭教師として雇った人物である。

「おや……?」

アメリアのお辞儀を見て、何かに気づいたウィリアムが顎に手を添える。

「今日は何やら、所作に落ち着きがありますね」

「えっ!?　本当に!?　そう思いますか!?」

思わずアメリアは身を乗り出してしまう。

「え、ええ……なんだか雰囲気が違います」

「流石《さすが》教授……鋭い観察眼ですね」

アメリアはウィリアムに、エドモンド公爵家のお茶会があること。そのお茶会に向けて礼儀作法の講師に来て貰《もら》って、徹底的に鍛えて貰っていることをウィリアムに説明した。

「なるほど、そういうことだったのですね。どうりで……」

ウィリアムの言葉に、アメリアは拳で小さくガッツポーズをする。

コリンヌに教わったことが人にわかる形で成果が出ていることが嬉《うれ》しかった。

「しかし、良かったのですか?」

「と、言いますと?」

「お茶会までは私の授業ではなく、コリンヌ先生の授業を優先した方が良い気がしまして」

紅死病《こうしびょう》の一件の後も、ウィリアムは定期的にアメリアの家庭教師をする手筈《てはず》になっていた。

薬学に関して天賦の才を持つアメリアのもとで教え合い学び合いながら、共に研鑽《けんさん》していきたいというウィリアムきっての願いだった。

「ウィリアムさんの授業を削るなんてとんでもないですっ……!!」

またまたアメリアは身を乗り出した。

瞳に驚きを宿すウィリアムに、アメリアはハッとする。

コホンと慎《つつ》ましく咳払《せきばら》いをしてからアメリアは言った。

「当初はローガン様と相談して、ウィリアムさんの授業を礼儀作法の時間に置き換えたらどうかという話も出ました。でも根詰めすぎるのも良くないという結論になりまして、ウィリアムさんの授業は通常通りになったんです」

「なるほど、そうだったんですね」

ウィリアムがわかりやすく嬉しそうな表情を浮かべる。

「私としても、アメリア様との授業はとても刺激的で、毎回楽しみにしています。なので、こうして、通常通りお会いできて嬉しいです」

「こちらこそ！　ウィリアムさんと植物について語り合えるのは至福の時間なので、今からわくわくが収まりません」

「それは何よりです」

くすりと、ウィリムは満更でもなさそうな笑みを浮かべた。

当初は表情が硬かったウィリアムだが、紅死病の一件を通じて様々な顔を見せてくれている。

「それでは、早速授業を始めましょうか」

「はい！　よろしくお願いします！」

こうして、ウィリアムの授業が始まる。

今日、ウィリアムが教材として持ってきたのはアメリアが目にしたことのない書物。

「こちらは、テルラニア帝国で発刊された、植物調合に関する教科書です。ご存じですか？」

「いえ、その本は初めて見ました」

「だと思って、持ってきました。発行部数も少なく、大学などにしか出回らない書物です。著者の個性が光る独特な調合法が多く記載されているので、きっとたくさんの学びがあると思いますよ」

「わわっ、それは楽しみです……」

まるでご馳走《ちそう》を目の前にしたかのように、アメリアは喉を鳴らす。

自分の知らない知識を得られることが楽しみで仕方がない。

瞳を輝かせるアメリアを見て、ウィリアムは襟を正すようにモノクルを持ち上げた。

◇◇◇

「ズランフィアという植物は青い葉を持ち、夜になると輝く珍しい種類です。ズランフィアを適切に調合することで、視力を強化する薬に変えることができます」

「ふむふむ……」

メモを取りながら、アメリアは熱心にウィリアムの授業に聞き入っている。

「ただし、ズランフィアは調合の過程が非常に繊細で、葉を乾燥させる際の温度や湿度が重要です。こちらに記載されているように、まずは乾燥した葉を細かく砕いて……」

教科書をもとに、授業が進む。

ウィリアムの思惑通り、教科書にはアメリアの知らない知識も多くあった。

出てくる植物については既知のものがほとんどだが、その組み合わせや調合の方法などはほぼ初耳で、アメリアの知的好奇心がコップに水を注ぐように満たされていく。

（このお屋敷に来た時は、やりたいことが見つからなくて時間を持て余していたけど……今はやることがたくさん……）

今日一日のスケジュールを思い返して、アメリアは思う。

（ふふっ、なんだか、生きてるって感じ……）

ウィリアムの授業を受けながら、そんな充実感を抱くアメリアであった。

◇◇◇

「それでは、今日の授業はここまでにしましょうか」

話のキリの良いタイミングでウィリアムが息をつく。

「はっ、もうこんな時間なのですね」

橙色《だいだいいろ》に染まりつつある空を見て、アメリアは続けて言った。

「楽しい時間は一瞬で過ぎてしまいますね」

「ええ、本当に」

名残惜しそうにしながら、ウィリアムはアメリアに賞賛の言葉を口にする。

「それにしても、相変わらずアメリア様の吸収力が凄《すさ》まじいですね。大学で同じ講義をしても、ついてこられる生徒は百人に一人いるか、いないかだと思います」

「いえいえ、そんなことは……」

「ありますよ！」

頭《かぶり》を振るアメリアに、ウィリアムは身を乗り出して言った。

「アメリア様はベースとなる膨大な知識に加えて、人智《じんち》の及ばない天賦の才をお持ちです！　まさしく天才……いえ、神が生んだ奇跡と言っても過言ではありません！」

「過言です！　過言ですから、落ち着いてくださいウィリアムさん！」

アメリアが焦りの声を上げると、ウィリアムはハッと正気を取り戻す。

「失礼しました、つい取り乱してしまいました」

深々とウィリアムは頭を下げた。

「いえいえ、お気になさらず……」

（ウィリアムさんも、思った以上に変わっているのよね……）

本来、ローガンと同じように感情の起伏の大きくないウィリアムだったが、アメリアの能力に関することとなると途端に人が変わってしまう。理由は明白だ。紅死病の一件の時、ウィリアムがアメリアの才能を目の当たりにしたからだろう。

昨今、王都で猛威を振るっていた難病、紅死病の特効薬の植物の一つ、ザザユリは非常に高価で国内で量産できない代物だった。

そのため、紅死病を患ったライラの母セラスに薬を回すことができないという事態が立ちはだかった。このままだとセラスの命が危ないという状況の中、アメリアは己の知識と能力を総動員して、ザザユリに代替できる植物を発見。

それを元に紅死病の特効薬を調合し、見事セラスの命を救うことができた。

本来であれば、多くの研究者が長い年月をかけて導き出す解をたった一人で、それも短時間で発見したアメリアに対し、ウィリアムが心から欽慕《きんぼ》の念を抱いたことは言うまでもない。

「なんにせよ、アメリア様が天才であることは紛れもない事実です。それだけは、お忘れなきようお願いいいたします」

「お褒めいただき光栄です」

そう言いながら、アメリアは胸の辺りにくすぐったさを覚えていた。

自分の植物に関する能力が、一般の基準に比べて非常に高い水準にあることは自覚しているものの、それを賞賛されるのは褒められ慣れていないアメリアは手放しで喜ぶことが難しい。

（でも、私のことを評価してくれる人がいる……）

その事実は、アメリアにとって非常に嬉しいことではあった。

そんなやりとりをして、ウィリアムが教材を片付けた後。

「アメリア様」

スッと、ウィリアムの瞳に浮かぶ色が変わる。

「今日もよろしいですか？」

「は、はいっ！　もちろんで……」

——授業以外の時間でもなるべく、淑女としての振る舞いを意識してくださいね。

コリンヌの言葉が頭の中に響き渡り、勢い良く頷《うなず》こうとするのを寸前で止める。

（いけない、いけない。淑女の振る舞いを心掛けないと）

穏やかで自然な笑みを形作って、アメリアは落ち着いた声で言った。

「書庫に参りましょうか」

「……なんだか、アメリア様じゃないみたいです」

「ええっ!?」

◇◇◇

当初この授業は、ウィリアムがアメリアに一方的に教えて終了という内容だった。

しかし紅死病の一件以来、その形式に変化が生じた。

「今日はこちらになります」

紙の匂いが漂うヘルンベルク家の書庫。ウィリアムが紙の束を机に置く。

「拝見いたします」

アメリアが紙に目を通し始める。赤い瞳には、紙面を塗り潰すほどの文字が映っていた。

「グリナス病の特効薬ですか」

何枚か目を通してすぐ、文面の内容を理解したアメリアが言葉を口にする。

ウィリアムは頷き、話を始める。

「記載の通り、グリナス病の特効薬を作るべく、これまで様々な植物を組み合わせて実験をしてきました。しかし……」

表情に悔恨を滲《にじ》ませて、ウィリアムは続ける。

「シルヴァやアルテミアを含むいくつかの植物では、充分な効果が得られませんでした。現状、私たちではなかなか打開策が見つからずでして……アメリア様の力をお借りして、他に有用そうな植物や、組み合わせ、調合法が思い浮かべばと思います」

どこか縋《すが》るような声でウィリアムは言った。

『薬用植物学に関する未解決案件のお手伝い』

それが、ウィリアムからアメリアへの要望だった。

ウィリアムたち研究者が日夜、頭を悩ませても解に辿《たど》り着けない問題は山ほどある。

それをアメリアの頭脳を活《い》かし手伝って貰えないかと、ウィリアムが打診したのだ。

『私の知識が誰かの役に立つのであれば……!!』

アメリアは快諾した。以降、授業の後にウィリアムはアメリアに、未解決案件について考察して貰う時間を設けたのだ。

「なるほど。これでしたら……」

席を立ち、アメリアは書庫内に足を踏み出した。

自分の何倍も背が高い本棚をきょろきょろと見上げ、目当ての本の前で足を止める。

「確か、この辺に……」

ズラリと並ぶ分厚い本たちに視線を注いで、一冊、二冊と本を手にした後。

「んっ……んーっ……」

高い段にある本に手を伸ばすアメリア。

しかし、あと少しのところで指が空気を切る。

「取りましょうか？」

「あっ、すみません。よろしくお願いします」

「お安い御用ですよ」

こうして必要な本を揃《そろ》えたアメリアは席に戻って「よしっ」と袖を捲《まく》った。

◇◇◇

ウィリアムにとって、あまりにも非現実的な光景が広がっていた。

三冊の本を同時に広げ、目にも留まらぬ速さで捲《めく》り始めるアメリア。

「ヴェランディンを使う？　いや、これだと抗炎症作用が足りない……じゃあラテスだったら？

ううん……多分違う……」

自問自答しながら、アメリアは次々とページを捲っていく。

ぶつぶつと専門的な用語を呟《つぶや》き、紙に複雑な化学式や計算式を書き込んでいった。

アメリアの目の動きは鋭く、一つ一つの文字や図を瞬時に分析していく。

まるで難解なパズルをすらすら解いているかのようだ。

「この組み合わせはどう……？　相乗効果で効能が増すかも……」

一瞬の光明が差すも続けて「でも、その場合の副作用は……」と推論を重ねる。

直感と論理で進んでいく分析。

アメリアの探究は単なる知識の再生ではなく、創造的な思考によるものだった。

一つ一つの植物の特性を瞬時に理解し、複数の要素を融合させて新しい調合法を模索する。

頭の中では様々な用語が溢《あふ》れかえり、組み合わさり、全く新しい概念が形を帯びていった。

その思考の速さと発想力は、まさに天才そのもの。数多《あまた》の可能性が同時に走っては消え、解に向かって凄まじい速度で近づいていることが傍目《はため》でもわかった。

（やはり、何度見ても凄《すご》いですね……）

自分の世界に没頭するアメリアを前に、ウィリアムは目を見張る。

紅死病の時と同じように、ウィリアムの手が自然と震えを帯び始めた。

そっと、ウィリアムは頭を振るのだった。

この弱冠十七歳の少女を前にしたら、全ての功績が霞《かす》んで見える。

(私も、天才だの最年少で教授になっただの、たくさんの賞賛を受けてきましたが……)

もう一方の手で押さえて、思わず苦笑を漏らす。

(ははっ……武者震いですか)

◇◇◇

どのくらいの時間が経《た》っただろうか。一息と共に、ペンの走る音が止まる。

「できた……」

最後にもう一度見直した後、アメリアはウィリアムに紙を差し出した。

「多分ですが、この組み合わせならいけます」

「確認させていただきます」

ウィリアムが仰々しく頭を下げて、紙面を受け取る。

もはや教師と生徒の立場は逆転していた。

「おおっ、これは……」

アメリアの導き出した解を確認し、目を見開くウィリアム。

それから白い紙に計算式を書き込んでから、力強く頷いた。

「そうか、ネオライトグラスとペクトラルフェルを三：一の割合で調合すれば確かに……」

ぶつぶつと呟き、自分の中で納得感を深めていくウィリアム。

そして最後には、確信を持った表情をアメリアに見せた。

「この発想はなかったです。おそらくですが、いけそうな気がします」

「わわっ、良かったです」

ほっとアメリアは胸を撫《な》で下ろした。新薬の糸口を発見できた喜びよりも、求められていた成果を出せたという安堵《あんど》をアメリアは感じていた。

「大学に戻り次第、試してみますね。本当にありがとうございます、アメリア様」

「いえいえ、お役に立てて何よりです」

「大助かりも大助かりですよ。やはり、アメリア様の発想には脱帽しかありません……」

噛《か》み締めるように言うウィリアムであった。

その後、シルフィが紅茶を持ってきてくれた。

ほかほかと湯気の立つ紅茶を飲みながら一息ついている中、ウィリアムはアメリアに尋ねた。

「以前アメリア様は、自分の能力を人のために使いたいと仰《おつしや》っていましたが、その気持ちに変わりはないですか？」

「ありません」

即答するアメリアに、続けて問いかける。

「金や名誉のためでなく、ただ純粋に人の役に立ちたいと？」

「そうですね。特にお金が欲しいわけでも、特別な地位につきたいわけでもありません」

一切の躊躇《ちゆうちよ》なく並ぶ言葉からは、嘘偽《うそ》りの意図は少しも感じられない。

「なるほど……やはりアメリア様は変わっていますね」

「そう、でしょうか？」

「人間には大なり小なり欲望というものがあります。その欲望の対象は通常、金や名誉なのですよ」

「あはは……それはわかる気がします」

実家でたらふく私腹を肥やしてきた父セドリックのことを思い出しながら、アメリアは苦笑を浮かべる。

「にも拘《かか》わらず、アメリア様は無欲でいらっしゃる。時々、本当に同じ人間なのかと思うことがありますよ」

「無欲というわけではないですよ」

アメリアはちょっぴり恥ずかしそうに、人差し指を頬に当てた。

「ただ、望んでいるものはもう充分にいただいている……ただそれだけだと思います」

幸せそうなアメリアの顔を見て、ウィリアムは察する。

（アメリア様の欲していたものは、お金や名誉なのではなく……）

あまり表情の変わらない、この屋敷の当主の顔が頭に浮かぶ。

彼女の生い立ちを知っているからこそ、すとんと納得するものがあった。

そうこうしていると、シルフィがやってきて言った。

「盛り上がりのなか申し訳ございませんが、そろそろ夕食のお時間です」

「ええっ、もうそんなに経ったの!?」

びっくりするアメリアが顔を上げると、窓の外はもうすっかり暗くなっていた。

「ま、まだ夕方だと思っていました……」

「物事に集中している時って時間を忘れてしまいますよね。私もよくあるので、わかります」

ウィリアムは立ち上がる。

「それでは、一緒に行きましょうか」

「あれ、今日はウィリアムさんもご夕食を?」

普段は授業が終わると、ウィリアムは大学に帰っていく。

共に夕食を摂ることはなかった。

「はい。ローガン様も交えてお話ししたいことがあるとお願いしたところ、夕食をお誘いいただいたのです」

「お話ししたいこと……?」

なんだろうと、アメリアは首を傾《かし》げた。

◇◇◇

今日も今日とて食堂のテーブルには豪華なご馳走が並んでいる。

前菜のサラダに、もっちり熱々のパン。大ぶりのローストポークにはすり下ろし玉ねぎのソースがかけられていて、ほのかにピンク色の身がとても美味《おい》しそうだ。

他にも大きな海老《えび》の丸焼きや、季節野菜を希少なキノコソースで絡めたパスタなど、公爵家の夕食にふさわしい豪勢なラインナップだった。

席にはアメリアとローガンに加えて、ウィリアムも座っている。

「ヘルンベルク家の夕食はどうだ？」

「久しぶりの肉に、胃袋が歓喜しています」

ローストポークを口にしてから、ウィリアムは頬を緩ませて言った。

「普段、お肉は食べないのですか？」

アメリアが尋ねると、ウィリアムはさらりと答えた。

「水と塩と砂糖があれば、人間しばらく生きていけるので」

「み、水と塩と砂糖っ……!?」

予想外の答えに、アメリアは仰天する。

「ええ、なので今日は様々な味覚情報を捉えられて、とても楽しいです」

おおよそ、食事に対する感想とは思えない答えにアメリアはあんぐり口を開けた。

大学教授という職であることから、金銭的に困窮しているというわけでもない。おそらく研究に全ての時間を注いでいるため、食事を後回しにしているのだとアメリアは推測した。

「わかるぞ、ウィリアム氏。仕事が忙しい時などはつい食事を抜いてしまうからな」

「ご理解いただき光栄です」

「ダメですよ二人とも！」

謎のシンパシーを覚え合う二人に、アメリアは「めっ」と言う。

「食事はちゃんと摂らないと不健康になりますし、下手したら死んでしまいます。きちんとバランスの良い食事を摂ってくださいっ」

「き、気をつけます……」

「善処している……」

実家にいた頃、極端な食事制限を受けて日々死にそうになっていたアメリアだからこその説得力のある言葉に、二人とも気圧《けお》された様子だった。

ローガンは、メリサの一件があってからアメリアと夕食を一緒にするようになった。

そのため、毎日しっかり栄養を摂ってくれている気がするが、朝や昼は別々で食べることが多く把握していない。

（もしかしてローガン様、朝や昼を抜いてたり……？）

そんな予感が頭をよぎって、ぎゅっと拳を握る。

（だとしたら、なんとかしないと……）

新たな決意を胸に抱くアメリアであった。

「これは……ヨモギですか？」

サラダに使用されている野菜を見て、ウィリアムは尋ねる。

「流石ウィリアムさん！　こちら、屋敷の裏庭で収穫したヨモキになります」

「ほう、ヨモキですか。確かに、食用としても優秀な植物ですが……」

おおよそ、貴族の食事のメニューには出てこない食材だ。

「よくよく見ていると、至る所に緑が見えますね」

テーブルの上に並べられた料理たちを見渡してウィリアムは言う。

ヨモキの他にも、ローストポークの付け合わせには茹《ゆ》でたブロブリー。

パスタにはノビーが絡められていた。

「ローガン様も菜食家で？」

「以前、アメリアに雑草料理を振る舞って貰ったことがあってな。非常に美味だったから、その後も食事に積極的に取り入れるようになった」

「なるほど、雑草料理……？」

えへへと照れくさそうに頬を掻《か》くアメリアに対し、ウィリアムは頭上に疑問符を浮かべた。

「何はともあれ、良い試みですね。野菜は健康効果抜群ですし」

「しかも美味しいとなれば、食事に取り入れない理由はない」

「ふふっ、気に入っていただけて何よりです」

こうして、ウィリアムを交えたディナーは朗らかな空気で進んでいった。

◇◇◇

夕食後、テーブルから料理が下げられた後。

アメリア、ローガン、ウィリアムの三人は応接間に移動した。

使用人たちも退室させているため、部屋には三人しかいない。

先ほどの夕食の時間とは違って、どことなく張り詰めた雰囲気が漂っていた。

「今回、ご同席いただいたのは、紅死病の特効薬について……そして、アメリア様の今後について お話のお時間をいただきたかったためです」

ウィリアムの言葉に、アメリアの顔色が曇る。

「もしかして、あの薬に欠陥が見つかったとか……」

「ああいえ！　違います、違います！」

顔の前で手を振ってウィリアムは即座に否定する。

「アメリア様が開発した紅死病の特効薬については、現在大学の方で治験中です。今のところ効果は抜群で、際立った問題は発見されていません」

「良かった……」

ホッと、アメリアは心底安堵したように声を漏らした。

「かなり即席で作ったので、心配していました。問題ないようでしたら、何よりです」

「ご心配をおかけし申し訳ございません。念入りに調査したのですが、恐ろしいほど理想的な薬に仕上がっていましたよ」

声に興奮を滲ませてウィリアムは続ける。

「というわけで、紅死病の特効薬については、臨床試験の結果、薬の安全性や有効性、製造方法、品質管理など諸々《もろもろ》の確認が取れ次第、正式に学会で発表する予定です」

ウィリアムが言うと、ローガンがピクリと眉を動かす。

「学会で発表ということは、アメリアの名前もそこで公開されると？」

「そうです、その点についてお話がしたかったのです」

本題とばかりに、ウィリアムは腰を据えて話を始めた。

「アメリア様の名前は、現状では公開するべきではないと考えています」

そう結論を前置きして、ウィリアムは続ける。

「というのも、アメリア様は大学とは無関係の一般人です。もしアメリア様がこの特効薬の開発者であると公表されれば、薬自体の信頼性が疑われる可能性があります」

「誰も、プロの医者以外に病気を診て貰いたくないと」

「そういうことです」

微《かす》かに目を伏せてウィリアムは続ける。

「また、アメリア様は研究者としての実績もございません。立場的には素人のアメリア様が紅死病の特効薬を開発したという事実が知れ渡れば、大学内の研究者の間で不快な感情を引き起こし、思わぬ反感や嫉妬を生む可能性もあります」

一息ついて、ウィリアムは言う。

「そのような不必要なトラブルを避けるためにも、アメリア様の名前は非公開とするのが賢明だと判断しました」

ウィリアムの説明に、アメリアが膝の上でキュッと拳を握る。

自分の存在が手放しで歓迎されるわけではないことを、なんとなく把握した。

「理解した。それらの事情を考慮すると、匿名が望ましいと思う。既得権益や派閥争いなど、人間関係もややこしそうだしな」

「ええ、仰る通りです……」

気が重たそうにウィリアムは頷いた。

「だがそもそも、匿名にするのは可能なのか？」

「可能です。大学に所属している研究者以外の者が、独自の調合によって新薬を開発するというのも、なくはないケースなので。ですが……」

ここでウィリアムは言いづらそうに目を逸《そ》らす。

「紅死病の特効薬レベルとなると、匿名の開発者一人だと、やはり信頼性という面で不安が発生すると思います。なので、共同開発者として私の名前も記述する形が良いかなと」

「なるほど。ウィリアム氏の署名付きとなると、信頼も担保されるということか」

「実情は反対ですけどね……」

苦笑を漏らすウィリアムの表情に、罪悪感が滲む。

「ただ、共同開発者として私の名前を記述する場合、私がメインで紅死病の特効薬を開発したという見え方になると思います。今回の新薬開発に関して、私は何もしていないに等しいです。にも拘わらず、アメリア様の手柄を横取りするような形になるのは……」

「私は気にしませんよ」

間髪を容《い》れず、アメリアは言った。

「繰り返しになりますが、私はお金や名誉が欲しいわけではありません。私の作った薬が誰かのお役に立つのであれば、どのような形で出ても良いと考えています」

「聖人か何かの生まれ変わりですか？」

「ふ、普通の人ですよっ？」

頬を微かに赤くし、おほんと咳払いをしてからアメリアは言う。

「とにかく、私は気にしないのでウィリアムさんのやりやすい形で進めてくださいませ。ただ……」

ちょっぴり困ったようにアメリアは言う。

「ややこしい事態に巻き込まれるのだけは、私じゃどうにもならないので、避けていただけると助かります」

「ええ、もちろ……」

「それだけは、徹底してくれ」

ウィリアムの言葉を遮って、ローガンが力強い口調で言う。

「アメリアの身の安全が第一優先だ。アメリアにもしものことがあったら……」

澄んだ双眸《そうぼう》の中に、メラメラと炎の如《ごと》く感情を灯《とも》してローガンは言う。

「ヘルンベルク家の総力を挙げて、対処する」

「ローガン様……」

思わず、アメリアはローガンの方を見る。

真剣な表情で釘《くぎ》を刺すローガンの横顔に、アメリアの胸がどきどきと高鳴った。

「は、はい。私としても、その点は最優先で取り組ませていただきます」

ローガンの纏うオーラに気圧されながら、ウィリアムは言葉を返した。

「とはいえ、アメリア様の名前はいずれ出した方が良いと考えています」

ウィリアムは言葉を続ける。

「今後、アメリア様が新薬の開発をしていくにあたって、ずっと私の名前で貫き続けるというのも現実的ではありませんからね」

「そもそも、いずれ明るみになるだろうな」

「同意見です」

紅死病の件に加え、今後も様々な新薬を開発していくとなると、アメリアの素性を知りたいと思う人間は多く出てくる。

いずれ、何かしらの経緯でアメリアの存在が公になるのは避けられないだろう。

「今のところ大学においては、アメリア様のことは私ともう一人信頼のおける同僚しか知りません。その同僚は一緒に紅死病の研究をしている者で……」

同僚リードには元々、アメリアが紅死病の新薬を開発したことを伝えていなかった。

しかし前日にアメリアの家庭教師を務めていること、そしてアメリアの薬学スキルを高く評価していることはリードに話している。

状況証拠から紅死病の新薬を開発した、あるいはその手がかりとして機能した人物はアメリアだと当たりがつくのは時間の問題だったため、ウィリアムの方からリードに説明をしたのだ。

という経緯を、ウィリアムは二人に説明した上で続ける。

「学問の世界には後ろ盾が必要です。アメリア様自身に実績がなくても、権威のある教授に後ろ盾になって貰えば、アメリア様に不義を働く輩《やから》は出てこないと考えます」

「研究以外に身の振り方も考える必要があるとは……学内政治ほど面倒なことはないな」

「ええ、本当に、全くです」

今日一番大きなため息をつくウィリアム。ローガンも共感するように頷いた。

「本当は私が後ろ盾になれればいいのですが、大学内における私の力はさほど強くないので……」

自嘲気味に言うウィリアムに気を取られていて、アメリアは気づかなかった。

『後ろ盾』という言葉を聞いたローガンの表情が僅かに曇ったのを。

「近々、私の上司に当たる教授を紹介します」

「……ああ、よろしく頼む」

「ありがとうございます、ウィリアムさん」

「これで私からの話は以上になります。お時間をいただき、ありがとうございました」

そう締めくくって、ウィリアムは頭を下げた。

（難しいことはよくわからない、けど……）

ウィリアムもローガンも、自分が心置きなく勉強に専念できるよう環境を整えようとしてくれている。それだけはわかるアメリアであった。

◇◇◇

話し合いが終わってすぐ、ウィリアムは屋敷を後にした。

今日の授業の中でアメリアが発見した新薬のレシピを、早速大学に戻って試すとのことだった。

「先ほどのウィリアム氏の話」

応接間に二人きりになってから、ローガンはアメリアに切り出す。

「俺の予想だと、アメリアはあまり自分の置かれている状況を理解していないように感じたが、どうだ？」

「うっ」

「やはりか」

ため息をついてから、ローガンは言う。

「ずっと人形のように座って上の空だったから、そんな気がしていた」

「す、すみません……既得権益？　派閥？　という言葉が出てきたあたりから、自分には縁がなさすぎて、どう処理をしていいのやらと……」

「そんな気がして、俺が中心で話をさせて貰った」

「さ、流石ですね……助かりました、ありがとうございます」

ぺこぺこと頭を下げるアメリアが「それにしても……」と続ける。

「私が紅死病の新薬を作って以降、なんだか大事になっているような気がするのですが、気のせいでしょうか?」

「その状況は理解しているんだな」

「や、やっぱりですかっ!?」

仰《の》け反るアメリアにローガンは言う。

「アメリアの能力はそれだけ、業界……いや、国全体に大きな影響を及ぼす代物だとウィリアム氏は見ているし、俺もそう思っている。だからこそ、包み隠さずあらゆる可能性を提示してくれたのだろう」

「そう、なんですね……」

「また、上の空だな」

「ああっ、すみませんっ……」

乱れた髪を直しながら、アメリアは言う。

「正直なところ、私という存在がそんな大事を引き起こすのかな、という気持ちはあります。ですが、紅死病の一件もありますし……」

おぼつかない口ぶりでアメリアは続ける。

「ウィリアムさんやローガン様が仰るのであれば、事実として受け止めないといけないなと……だからと言って何が起こるかは、よくわからないですが……」

「大丈夫だ」

狭い道を慎重に歩くように言うアメリアの肩に、ローガンが手を添える。

真《ま》っ直《す》ぐアメリアの瞳を捉えて、ローガンは言った。

「何があっても、俺がアメリアを守る」

力強く紡がれた言葉に、アメリアの心臓がどきんと跳ねる。

誓いを立てるように真剣なローガンの表情から、目が離せなくなる。

いつの間にか頬が熱い。頭の中が真っ白になる。

「は、い……ありがとう、ございます」

やっとのことで絞り出した言葉は、自分でもわかるくらい震えて。

はっきりと自覚するほど、嬉しさの感情を纏っていた。

◇◇◇

(少し長湯しすぎたかも……)

妙にふらつく足取りでアメリアは寝室へと向かっていた。

その道中、アメリアはふとバルコニーに足を踏み入れる。

火照った身体《からだ》を、夜風で冷ましたい気分だった。

湯冷めするかと思ったが、今日は比較的空気に温《ぬく》もりがあった。

バルコニーは広く、景色を眺めながらお茶を楽しめるようにテーブルセットが設置されている。

アメリアは柵に体重を預け、少しの欠けもない月を見上げていた。

「気持ちいい……」

冷たい風が頬を撫でて、自然と息が漏れる。

じんじんと熱い頭の奥が、ひんやりと冷却されていくようだった。

(今日も一日、色々なことがあったわね……)

コリンヌの礼儀作法の授業に続き、ウィリアムの授業。

それから三人で夕食を摂ってから、今後に関する重要な話し合いをした。

そして……。

――何があっても、俺がアメリアを守る。

「あうっ……」

頭の中に響き渡る低い声に、アメリアの顔がボンッと音を立てるように熱くなる。

真っ赤になった顔を覆い、へなへなと力が抜けたようにしゃがみ込んだ。

「お、落ち着きなさいっ……深呼吸よ、深呼吸……」

立ち上がり、すーはーすーはーと肺を空気で満たして、吐き出す。

何度か深呼吸をしてようやく平静を取り戻していると。

「こんなところにいたのか」

先ほど頭の中で響いた声が現実の鼓膜を震わせ、アメリアは飛び上がりそうになった。

「ロ、ローガン様……!!」

振り向くと、窓際でローガンが腕を組んで立っていた。

「すみません、お捜しでしたか？」

「いや、特に用があるというわけではないが……」

濁すように言ったあと、ローガンは耳の後ろを掻いてから尋ねる。

「隣、いいか？」

「も、もちろんです」

ローガンが隣にやってきて、夜空を見上げる。

再び速度を上げた鼓動を、アメリアは必死に宥《なだ》めた。

「今日は満月か」

「はい。少しも欠けてなくて、綺麗《きれい》です……」

「まるで君のようだな」

「へぁっ……」

突然の不意打ちに、せっかく落ち着かせていた鼓動が全力疾走をし始める。

熱が一気に首元まで上ってきた。

反射的にローガンの方を見ると、悪戯《いたずら》めいた表情が視界を占めた。

ほんの少しだけ口角を持ち上げたローガンが、アメリアに尋ねる。

「まだ慣れないか？」

「ローガン様は、前触れがなさすぎます。唐突に言われるので、びっくりしちゃいます」

「なら、言わない方がいいか？」

「い、嫌ですっ」

ぶんぶんと、アメリアは首を横に振った。

「そういう言葉は、いつでも大歓迎です……むしろ、もっと言ってほし……」

最後まで言葉が続かなかったのは、ローガンがアメリアの髪にそっと手を添えたからだ。

「段々と、我儘《わがまま》も言えるようになってきたな」

偉いぞとばかりに、ローガンはアメリアの頭を撫でる。

大きくて温かい手が滑るたびに、瞼《まぶた》がとろんと柔らかくなった。

「ローガン様の、おかげですよ」

手が止まる。ローガンを見上げ、アメリアは言葉を夜風に乗せた。

「私に、ありのままの君でいていいって、もっと自分のしたいようにしていいって、言ってくれたから……だから私は……」

「俺はきっかけを与えたに過ぎない」

ゆっくりと首を横に振ってローガンは言う。

「変わろうと決めて、行動しているのはアメリア自身だ。そんな自分の意思を、存分に尊重してやってくれ」

あくまでも自分の手柄ではないとローガンは言う。

（ああ、やっぱり……好き……）

誠実で、謙虚な姿勢に、胸の奥がじんと熱くなる。

ヘルンベルク家に嫁ぐとなった際に聞かされた『暴虐公爵』の要素はひと欠片《かけら》もない。

（ローガン様と出会えて、良かった）

改めてそう思うアメリアであった。

びゅう、と風が吹いてアメリアの身体に鳥肌が立つ。

「少し、寒くなってきましたね」

「比較的暖かいとはいえ、もう冬だからな」

そう言いながら、ローガンは後ろからアメリアを両手で包み込んだ。

「ロ、ローガン様……!?」

「こうすれば、寒くないだろう」

ローガンに後ろから抱き締められ、アメリアの心臓がぴょんと跳ねた。

そろそろ破裂してしまうんじゃないかと心配になってしまう。

冷たい空気を溶かすような温もりが、背中から広がり始める。

自分よりも大きな腕に包まれ、守られているような安心感が胸を満たした。

「暖かい、ですね」

「何よりだ」

低い声が耳元で囁《ささや》かれる。それだけで、蕩《とろ》けて夜闇に紛れてしまいそうになる。

そっと、アメリアは自然とローガンの手の甲に掌《てのひら》を重ねた。

まるで、世界の全てがローガンによって包まれているかのよう。

時間が止まったような感覚の中、穏やかで温かな愛情を深く感じていた。

「さっきは、嬉しかったです」

「さっき？」

「私の身の安全が第一って……」

「ああ」

ウィリアムとの会合の時を思い出す。

アメリアの後ろ盾がいない故に、面倒ごとに巻き込まれる可能性があるという話になった時、ローガンは瞳に怒りを灯して言った。

——アメリアにもしものことがあったら……ヘルンベルク家の総力を挙げて、対処する。

「当然のことだ」

力の籠った声と共に、アメリアを抱き締める腕に力が入る。

「本当は、俺が……」

ここで、ローガンは言葉を切った。

一向に次の語が出ないことを不思議に思って、アメリアはローガンを見上げる。

先ほどまでとは打って変わって、ローガンはどこか打ちひしがれたような、無力感を纏った表情をしていた。

「ローガン様？」

「いや……なんでもない」

ローガンが首を振って、ゆっくりと屈《かが》む。

顎に指が触れたかと思うと、くいっと上を向かされた。

ローガンの意図を察して、アメリアはそっと目を閉じた。

「んっ……」

ローガンの唇が優しく触れた途端、思わず声が漏れる。

身体の奥がじんと音を立てた。

ローガンのキスはいつも優しくて、愛情深い。

まるで時間を止める魔法のようで、その瞬間を永遠に感じたくなる。

熱を帯びて赤くなった頬が、夜風に触れてひんやりと気持ちいい。

大きく脈打つ心臓が、少しずつ落ち着きを取り戻していった。

ローガンの温もり、シトラス系の爽やかな匂い。

とく、とくと一定のリズムで刻む心音。

深い愛情に包まれて、アメリアは他の全てを忘れてしまいそうになった。

いつもより長い口づけの中で、アメリアの理性が少しずつ決壊していく。

身体の奥底、もっと深いところにある芯から、燃えるような欲求が湧き出してきた。

ずっと抑圧されて眠っていた本能が、ローガンに接吻《せっぷん》以上のことを求めてしまいそうに……。

（って、何を考えているの、私……!?）

今までの人生の中で持つことのなかった欲を自覚して、アメリアは耳まで赤くする。

これ以上はまずいと、ゆっくりと口を離した。

「はふぁ……」

肺に空気を送り込み気持ちを落ち着かせるアメリアに、ローガンが微笑《ほほえ》む。

「慣れてきたな」

ぶんぶん。

「そんなこと……ありません……」

アメリアは俯《うつむ》き首を振る。

淑女にそぐわぬはしたないことを考えてしまった自覚で、穴があったら猛烈に入りたい心持ちになる。

そんなアメリアの心情など露知らず、ローガンは余裕のある笑みを浮かべるばかり。

しかし、アメリアの様子がおかしいことに気づいたらしく、眉を顰《ひそ》めて尋ねた。

「どうした？」

「な、なんでもないですっ」

びゅんっと顔を背け、何度も深呼吸をしながら心を落ち着かせる。

（うう……ローガン様の顔、見られないよう……）

大きな満月の下。アメリアはぷしゅーと、頭から湯気を出してしまうほどの心情だった。

そんなアメリアを、ローガンは不思議そうに見つめていた。

◇◇◇

ローガンと別れてから、寝室に引っ込んだ後。

「アメリア様っ!?　いかがなさいました？」

ベッドの上でちーんとうつ伏せになってるアメリアを見て、ライラがぎょっと声を上げた。

「大丈夫よ、ライラ……ちょっと頭を冷やしているだけ……」

枕に顔を突っ伏して、くぐもった声を上げるアメリア。

「なるほど、想像をするに……」

合点のいったように手を打ち、ライラは言った。

「ローガン様とイチャイチャしすぎて心臓が持たなかった、と」

びくうっ!!　ガバッ!!

「どど、どっかで見ていたの!?」

飛び起きて、がしいっとライラの肩を摑《つか》みアメリアは問い詰める。

「いや、だって……アメリア様の心をこんなに乱すのは、ローガン様しかいないですから」

当たり前じゃないですかとばかりに言うライラに、アメリアの身体からへなへなと力が抜けた。

ライラがアメリアに尋ねる。

「隣、座ってもいいですか？」

顔を真っ赤にしたまま、アメリアはこくんと頷く。

そして、心の中を吹き荒れる嵐を収めるかのように言葉を口にした。

「最近……私、おかしいの」

「おかしい、と言いますと？」

「ローガン様と一緒にいると、自分が自分じゃなくなるというか」

「好きな人のそばにいたら、そうなりますよ」

「そういうものなの？」

「そういうものです」

「でも私と違って、ローガン様はいつも余裕で、冷静だから……」

「時々、不安になると？」

こくりと、アメリアは頷いた。

瞳を不安で揺らすアメリアに、ライラは安心させるように言った。

「ローガン様、元々感情の起伏が少ない方ですからね。心配しなくても、ちゃんとアメリア様のことを好いていらっしゃると思いますよ」

「それなら、良いんだけど……」

思い返せば確かに、ローガンはアメリアにたくさんの愛情表現をしてくれている。言葉でも、行動でも。しかしアメリアは、実家で虐げられてきた経緯もあって、今一つ自分に自信を持ちきれてない。

だからこそ、時々不安になるのだろう。ローガンには自信を持ってくれと常々言われているものの、完全に前向きになるにはもうしばらく時間がかかりそうだった。

「そういえば……」

ふと思いついたように、ライラが火力の高い言葉を口にする。

「ローガン様、一向にアメリア様に手を出そうとしませんね」

ゴロゴロロッ!! ゴンッ!!

弾《はじ》かれたようにベッドを転がり、反対側の床に墜落したアメリアにライラが仰天の声を上げる。

「アメリア様!?」

「だ、大丈夫ですか……?」

「え、ええ……なんとか……」

よろよろと起き上がり、言葉を口にするアメリア。

しかし胸の中は動揺で揺れに揺れていた。

先ほどベランダで、ローガンと唇を交わした時。

自分の中に感じた確かな欲望を思い起こし、鼓動が一気に速くなる。

「ライラ」

「は、はい……」

トマト色に染めた顔をライラに向けて、アメリアは尋ねる。

「好きな人と、そういうことをしたい……と思うのも、普通のこと？」

「あっ、あの……えっと……」

アメリアの問いかけに、ライラは身体をもじもじさせて声を小さくした。

ライラは十九歳だが、あまり経験豊富というわけではない。

心はまだまだ乙女なのだろう。それでも、真剣に悩んでいる様子の主人に一助になればと、ライラは本心を口にした。

「それこそ、当たり前じゃないですか」

淡く微笑んで言うライラに、アメリアは「そう……」とだけ返す。

「アメリア様は、どうしたいのですか？」

「私は……」

言葉を詰まらせる。

十七年間、実家に幽閉されていたアメリアにとって、男女の営みなど程遠い縁でしかない。

知識として知ってはいるが、それを自分事として考えると途端に現実感が遠のく。

しかし、ローガンに対して抱いた燃えるような感情は、確かな存在感を持って心の中にあった。

その感情をどう噛み砕くべきなのか、アメリアにはわからない。

全く未知の概念すぎて、戸惑うことしかできなかった。

ふと、視界に色鮮やかな花が映る。

青く鋭利な花びらが特徴的な花は、シアンダ。美しくエッジの効いたシアンダの佇まいがローガンを彷彿《ほうふつ》とさせ、アメリアの心臓が一層大きな音を立てた。

「まあ、そんな急ぐようなことでもないですしね」

困惑顔のまま固まったアメリアに、ライラは穏やかに笑って言う。

「世間の言う普通なんて気にする必要はありません。アメリア様にも、ローガン様にも、自分のペースがあります」

「自分の、ペースで……」

「はい。焦らず、ゆっくりと、関係を育んでいけば良いと思いますよ」

笑顔で頷くライラを見ていると、少しだけ心が軽くなった。

最初は愛のない契約的な結婚だったが、今ではそうじゃなくなった。だから、好き合う者同士としてもっと関係を深めないといけないという、焦りがあったのかもしれない。

それがわかると、心の漣《さざなみ》が平静を取り戻してきた。

ライラの目を見て、アメリアは言った。

「ありがとう、ライラ」

「どういたしまして」

◇◇◇

アメリアがベッドから墜落している頃。執務室では、本を捲る音が響いていた。

机に積み重ねた本を、ローガンは一冊ずつ、ぺらり、ぺらりと捲っては目を通していく。

その表情は真剣そのもので、深い集中に入っていることが一目でわかった。

「珍しく残業ですか」

読書に励むローガンに、紅茶セットを手にしたオスカーが声を掛ける。

「別に仕事をしているわけではない」

「趣味の読書を？」

「……趣味、かどうかは判断に困る」

「ほう」

ローガンと会話をしながら、オスカーは手際よく紅茶を淹《い》れる。

じきに湯気が立ち始めたカップを、オスカーはローガンの机に置こうとして……。

「む……」

オスカーの手が止まる。机に積み重なった本のタイトルは、『軍事戦争論』『地上戦における七つの極意』『戦略の心得』など、どこか物々しいオーラを纏っていた。

「ローガン様、これは……」

僅かに目を見開くオスカー。本を捲る手を止めず、ローガンは言った。

「俺も、アメリアの後ろ盾になれればと思ってな」

それは、先ほどのテラスでアメリアに言おうとして引っ込めた言葉だった。

「なるほど」

オスカーは頷き、瞳に影を浮かべて続ける。

「アメリア様を守るために、家の力を強化したい、と」

「………………」

ローガンの沈黙を、オスカーは肯定と解釈した。

「ヘルンベルク家は、国内においては充分の力を持っています。まだ足りないのですか？」

「武の家系としては一流だろうな」

皮肉めいた調子で言うローガン。

「しかし文において、我が家の力は無に等しい。アメリアがこれから戦う場所は、文の世界だ」

加えて、ヘルンベルク家に対する評判は社交界において良いとは言えない。

打算的な令嬢を避けるべく、自ら悪い噂《うわさ》を広めてしまったことが裏目に出ていた。

「仰る意味はわかりますが……」

何か言いたげなオスカーの言葉を待たず、ローガンは言葉を並べる。

「アメリアの持つ能力は凄まじい。いずれ我が国だけでなく、他国も欲しがる存在になるだろう。

その時、夫である俺自身が何の力もないようでは、アメリアを守ることはできない」

「クロード様の話を、受けるのですか？」

静かな声で、オスカーが問いかける。

ページを捲る音が止まり、執務室には水を打ったような静寂が訪れた。

クロードはトルーア王国軍に所属する軍人で、ローガンの兄にあたる人物。

現在は、ラスハル自治区と呼ばれる紛争地帯で日夜ゲリラたちと熾烈《しれつ》な戦いを繰り広げている。

そんなクロードは先週、屋敷を訪れた。

ラスハル自治区での戦況が芳《かんば》しくなく、ローガンに参謀として参戦するよう要請をしてきたのだ。

クロードはローガンの『一度見たら忘れない能力』に目をつけ、膨大な軍事知識を以《もっ》て戦況を好転させようと考えていた。

その時は、ローガンはアメリアの存在を理由に要請を断った。

しかし今回、アメリアの強大な能力ゆえに後ろ盾が必要になった。

クロードの要請を受けローガンが戦果を上げれば、知略の点においてもヘルンベルク家の名声が上昇する。

そうすれば、アメリアの後ろ盾としての存在感が増すとローガンは考えていた。

「……迷っている」

時間をかけて、ローガンは答えた。確かに成果を上げれば家の力は増大する。

しかし後方で指示を出すとはいえ戦場に赴くとなると、危険が付き纏うのは避けられない。

その葛藤が、ローガンの胸の中で激しくぶつかりあっていた。

「差し出がましいことを申し上げますが」

オスカーは言葉を重ねる。

「身の危険を冒すことが、アメリア様にとって、本当に良い選択でしょうか」

「…………」

ローガンは押し黙り、目を伏せる。その瞳は迷いに揺れていた。

「くれぐれも、後悔なき選択をするようお願い申し上げます」

自分が意思決定に介入するべきではないと、オスカーはそう締めくくる。

「ああ、わかっている」

これ以上話を続けるつもりはないとばかりに、本の続きを読み始めるローガン。

恭しく頭を下げて、オスカーは退室した。

後には、再びページを捲る音だけが残された。

◇◇◇

戦場の光景はどこも同じだ。

燃える家々の煙、金属のぶつかる音、そして血の鉄臭さ。

容赦なく照りつける太陽の熱が石の家を焼き、戦士たちの鎧《よろい》を灼熱《しゃくねつ》の鉄に変えている。

ラスハル自治区の戦いは、砂漠地帯からほど近いオアシスの街で繰り広げられていた。

かつて平和だったこの街も、異なる宗教の対立が激化したことによって今や戦争の渦中にあった。

「いたぞ！　あの建物だ！」

「進撃しろ！」

狭い通りは戦場と化し、剣と盾が光を放ちながら激しくぶつかり合う。

歩兵たちは互いに組み合い、石畳の上での苛烈な肉弾戦を繰り広げていた。

ラスハル自治区の中でも、一際激しい戦闘が行われている一画。

重い鎧を身に纏い、長い槍《やり》を振り回す騎馬兵が現地ゲリラと激しい攻防戦を繰り広げている。

騎馬兵の鎧や兜《かぶと》に刻まれているのは、トルーア王国の国旗。

王都から派兵された国軍の精鋭であった。

腕を振るうたびに、槍先が赤く染まっていく。

そんな騎馬兵の中でも一際存在感を放つ男がいた。

「おおおおおおおおお!!」

雄叫《おたけ》びを上げ、剣を掲げる男の圧倒的な存在感が輝く。

豪華な装飾が施された黒基調の軍服を身に纏い、岩のような体軀《たいく》を躍動させて馬を操る男——トルーア王国第三師団団長、クロード・ヘルンベルク。

後ろに流すようにセットされた黒髪が埃《ほこり》と共に舞う。

整った顔立ちには鋭い光を放つ切長の瞳が光り、頬には決して小さくない切り傷が戦士の象徴として刻まれていた。クロードの剣が舞うたびに、敵兵たちが地に倒れていく。

その剣技は力強く、洗練されていた。

一撃一撃が緻密に計算された動きで、敵の防御を容易《たやす》く破っていく。

戦闘の最中でも彼の冷静さを失わず、戦況を見極めるその瞳は常に次の一手を計算していた。

「絶対に退《ひ》くな！　俺に続け！」

力強い掛け声によって、後続の兵士たちの表情が引き締まる。

クロードの勇姿は味方兵たちにとっても大きな励みとなり、一層激しい戦いを展開していた。

「むっ……」

何かを感じ取ったクロードが咄嗟《とっさ》に剣を後ろに振り抜く。

瞬間、クロードを射殺さんと迫っていた矢が弾かれた。

「二時の方向に弓兵！」

報告を受けて、クロードは即座に反応する。

すぐさま、一部が崩れた家の上からこちらを狙う弓兵を捉えた。弓兵は一撃目を防がれたことに明らかに動揺しており、急いで次の矢を用意しているのが遠目にも明らかだった。

「貸せ！」

クロードは隣にいた味方兵から弓を取り上げると、一瞬のうちに弓を引き絞った。

目にとまらぬ動作で、矢は一瞬にして弦から放たれる。

雷のように速く、直線的な軌道を描いて敵兵に向かって飛んでいく矢が彼の胸を貫いた。

「ぐあっ……」

僅かな呻《うめ》き声《ごえ》と共に、弓兵は屋根から身体を折り曲げるようにして倒れた。

「お見事！」

味方兵が興奮気味に声を上げる。

賞賛など気にも留めず、クロードは次の敵に剣を向けるのだった。

◇◇◇

戦闘を終えた後、クロードは指揮官室にもなっている粗末な簡易テントまで帰ってきた。

テントの内部は、団長という立場のクロードに与えられたにしては質素なもの。

簡素で地面には薄い布が敷かれ、申し訳程度の椅子と机だけが設置されている。

この戦線における財政状況は芳しくないことが物語られていた。

そんな環境でも、クロードにとってはひとときの安らぎをもたらす場所だった。

椅子に腰掛け文庫本を手にするクロードは、戦場の喧騒《けんそう》から一時的に離れているように見える。

その表情は、言葉に思いを馳《は》せる学者のようで、戦士の面影はどこかに消えていた。

「ふいー、お疲れお疲れ」

意識の外から聞こえてくると、クロードは本から目を逸らさずに言葉を口にする。

「まだ生きていたか」

「第一声でそれはひどくない!?」

青年の非難めいた声を聞いて、クロードはようやく顔を上げた。

クロードの視界には、自分と同じくらいの年齢の青年が映っていた。

ブルーグレイの髪にカッパーアイ、耳にはピアスという、おおよそ戦場には似合わない風貌をしている。戦士というよりも、遊び人と言った方が納得する者が多いだろう。

一見すると軽薄な印象を与えるが、その目には知性と戦場を渡り歩く戦士の光が宿っていた。

「いつ死ぬかわからん場所だ。情を持たない方が賢明だろう」

「いや持とうよ！　どれだけ過酷な状況においても人間性は失うべきじゃないって、昔の偉い人も言ってるでしょ？」

「ドミニク」

本に栞《しおり》を挟み、クロードは低い声で言う。

「何度言ったらわかる、敬語を使え。ここでは俺が上官だ。上官に対する部下の態度は、部隊全体の指揮にも関わる」

「いいじゃんいいじゃん、誰もいないんだし！　休憩の時くらい幼馴染《おさななじみ》の距離感でいようよ、息が詰まって本番で戦えないよ？」

圧を込めた声で言うクロードだったが、ドミニクはにこにこ顔を崩そうともしない。

「だから、そう言う問題じゃ……」

言葉を切り、諦めたように息をつくクロード。

ここで詰めても彼は余計に面白がるだけだと、長い付き合いで知っていた。

「それで、戦況は？」

「残党勢力の掃討は完了したよ。全体としては押され気味だけど、今日の戦果は上々だと思う」

「今日が毎日続けばいいんだがな」

クロードの言葉からは、戦況が芳しくないことが窺《うかが》えた。

「状況は厳しく、人員も物資も限界に近い」

「特に物資の不足が深刻だね」

「王都に応援を打診したか？」

「したけど、望み薄だと思うよ」

ドミニクが肩を竦《すく》めて言う。

「自国の領土が占領されてるわけじゃないから、王都も積極的に資材を投入したいとは思ってないだろうね」

「最優先事項として、医薬品の増品を説得してくれ。風邪薬や痛み止めなどの治療薬がもっと必要だ」

「戦いじゃなく風邪で死ぬのはコスパが悪すぎるからね。上に強く進言してみるよ」

「頼む。何も紅死病の特効薬をくれと言ってるわけじゃないからな」

皮肉げに言うクロードに、ドミニクは思い出したようにポンと手を叩《たた》く。

「風の噂だけど、紅死病の新薬できたらしいよ」

「新薬と言っても、辺境の戦場に回ることはないだろう？」

紅死病はトルーア王国で流行している病気だが、発症はラスハル一帯だと考えられている。

これまで特効薬を作るには、ラスハルで採れる希少な植物「ザザユリ」が必要で、一つ一つの値段は非常に高価なものだった。

そのため、ラスハルで採れたザザユリをトルーアに輸送し、調合された数少ない特効薬が有名貴族の手に渡っている。

トルーア国内の多くの庶民にはもちろんのこと、原料地で戦う兵士たちにも薬が行き渡らず、莫《ばく》大《だい》な資産を持つ本国の貴族に行き渡るというなんとも皮肉な状況になっていた。

――ただ特別な例として、指揮官クラスが紅死病に罹《かか》ると戦線が崩壊するため、カイド大学と繋《つな》がりがある仲間が裏のルートで限られた特効薬を高額で入手している。

とはいえ、新しくできた特効薬もどうせ高額のため、一般兵士に行き渡ることはまずないとクロードは考えていた。

「いや、今回開発された特効薬は、ザザユリに代わるトルーア国内で採取できる安価な植物で調合されていて、大量生産が可能らしい」

「ほう」

今まで表情の動かなかったクロードの目が僅かに見開かれる。

「学会での認可が下りれば、戦線にも仕入が可能になる。うまくいけば、紅死病の被害も抑えられそうだね」

「もう裏ルートに高い金を払わなくても済むな」

珍しく機嫌良さげにクロードは言った。紅死病はトルーア国内ではなく、クロードが展開する戦線でも決して少なくない死者を出している。

罹れば最後、神に祈りながら死を待つしかないというまさに死の病であった。その特効薬が安価で開発されたというのは、被害に苦しむ当事者の一人として喜ばしいことであった。

「開発者には感謝しかないですね」

「全くだ。近々、国に戻って開発者には礼を言わねばな」

二人の表情には、顔も知らぬ開発者への感謝と敬意の念が込められていた。

――その紅死病の特効薬を調合したのが、弟の婚約者であることがわかるのは、もうしばらく後のことであった。

◇◇◇

「肩の力を抜いて、足をもう少し軽やかに……」

ヘルンベルク家の広間に、ゆったりとしたワルツの音楽とコリンヌの声。

柔らかな光が差し込む部屋でコリンヌが、アメリアにダンスのレッスンを行っていた。

「右足からステップを始めて……そのまま続けて」

「は、はいっ……」

アメリアは少し緊張しながらも、コリンヌの指示に従い一歩一歩を慎重に踏み出している。

音楽に合わせて、ゆっくりとしたワルツのリズムで踊る二人。

最初、アメリアの動きには硬さが見えたが、コリンヌの手慣れたリードの甲斐《かい》あって徐々にリラックスしてきた様子だった。

「リズムを感じて、身体を音楽に委ねてみましょう。ダンスは会話のようなものです。一緒に踊っている方と言葉を交わすように、自然体で楽しむのです」

「自然体で……」

その言葉を胸に、アメリアは頭で深く考えないよう努める。ローガンの手を取り、一緒にお茶会の広場で踊るイメージを強く浮かべ、優雅な所作を心掛けた。

しばらくすると、アメリアのステップはより流れるようになった。

「そうです、その調子です」

二人の動きが調和し、息の合うダンスが広間に繰り広げられる。

アメリアの進歩に、コリンヌはほんの少しだけ口元を緩ませた。

「アメリア様、とても良かったですよ」

音楽が終わり、一息つくアメリアにシルフィがタオルと水を持ってきて言う。

「ありがとう、シルフィ」

アメリアは安堵の表情を浮かべた。

レッスンの成果が明らかに表れており、ダンスは確実に洗練されている実感があった。

そんなアメリアに、コリンヌが控えめに言う。

「だいぶ良くなりましたね。基本的な動作は完璧なので、あとは何度か反復練習をして身体に覚えさせれば良いでしょう」

「はい。ありがとうございます、コリンヌ先生」

優雅にお辞儀をするアメリアに、コリンヌは変わらぬ鉄仮面で言った。

「結構でございます」

帰り支度を始めるコリンヌに、アメリアは改めて声をかけた。

「いよいよ、明日《あした》ですね……本当に、今日までご指導いただきありがとうございました」

「礼には及びません。それが、私に課せられた仕事ですから」

コリンヌは淡々と言いながらも、今まで見せたことのない表情を浮かべた。

「正直、僅かな日数でここまでのクオリティに仕上がるか、少々不安でしたが……」

声に温度を乗せてコリンヌは言う。

「アメリア様は、予想以上の上達を見せてくださいました。私がこれまで教えた生徒の中でも、非常に優れたレベルです」

「いえ、そんなことは……」

「私はお世辞を申しません」

コリンヌはきっぱりと言った。この言葉は、コリンヌならではの説得力を持っていた。

優しげに目元を緩めてから、コリンヌは言う。

「アメリア様は、誰よりも『素直』という素質を持っています。それは、優秀な頭脳や卓越した運動神経よりも、素晴らしい素質です」

コリンヌの言葉は、不思議とアメリアの胸にスッと入ってきた。

「教えを素直に受け止め、忠実に実行する力……それが、上達の秘訣《ひけつ》だと私は考えております」

そう述べたあと、コリンヌは微笑む。それから、アメリアを労《ねぎら》うように見て。

「今日はゆっくりと休むことです。長い間、本当にお疲れ様でした」

「はい、ありがとうございました……」

少し湿った声でアメリアは礼を口にする。

思い返せば決して楽ではなかったが、おかげでお茶会に臨む準備はできた。

素人レベルだった礼儀作法を、なんとか形になるまで引き上げてくれたコリンヌに、アメリアは感謝の気持ちでいっぱいだった。

「また私の力が必要になりましたら、いつでもお呼びくださいませ」

そう言葉を残して、コリンヌは退室する。

こうして、二人のレッスンは幕を閉じたのだった。

◇◇◇

夕食後の執務室は落ち着いた雰囲気に包まれていた。

しかしそれは湖の畔《ほとり》のような落ち着きではなく、嵐の前の静けさのようなものだった。

「いよいよ、明日だな」

「早いものですね……」

ソファに肩を並べて座るアメリアに、ローガンは言う。

「俺とアメリアは婚約者として出席する。基本的に、アメリアが俺のそばから離れなくて良いよう立ち回るつもりだ」

「はい、ありがとうございます」

落ち着いた調子で答えるアメリアに、ローガンは感心したように言葉を告げた。

「所作が様になっているな」

「コリンヌ先生のおかげです」

アメリアは微笑みながら答える。

ローガンは満足げな笑みを浮かべつつも、一枚の紙を取り出した。

「招待客の最終名簿だ」

「拝読します」

名簿を受け取ったアメリアが、一通り目を通す。

社交の場への出席経験がほとんどない彼女にとって、記載されている貴族の名前は見知らぬものばかりだった。しかし、その中で一つの見慣れた名前が彼女の目に飛び込んできた。

アメリアは心臓が摑まれたように、身体が冷たくなる。

「君の妹も参加するようだ」

びくりと、アメリアの肩が震える。

「そう、ですか……」

不安げに呟くアメリアの心には、明日のお茶会への不安が一層強まった。

ヘルンベルク家に嫁いで以来、アメリアはエリンと一度も会っていない。

しかしエリンの名前を思い浮かべるだけで、実家での苦い記憶が蘇《よみがえ》る。

エリンによる様々な嫌がらせ……食事を目の前で捨てられたこと、せっかく採集した植物を踏みにじられたこと。これらの記憶がアメリアの心を締め付けた。

明日のお茶会で、エリンがどのように接してくるかはわからない。

アメリアに対するエリンのこれまで態度を考えると、あまり良い想像はできなかった。

「大丈夫か？」

「は、はい……」

こくりとアメリアは頷き、気丈に笑って見せる。

しかし、ローガンはアメリアの不安な心情を察していた。

そっと彼女に寄り添い、優しく頬に手を置く。

「心配するな。何があっても、俺が守る」

「ありがとう、ございます……」

感謝の言葉を述べながら、アメリアはひとりでに身体を寄せる。

ローガンの温もりや安定した鼓動を感じると、心が少しずつ落ち着きを取り戻していった。

「ごめんなさい。少し、こうさせてください」

「いくらでも」
ローガンの声に、アメリアは遠慮なくローガンに寄りかかる。
大きな手がアメリアの肩を優しく抱いた。
同時に、アメリアは内心で決意を固めていた。
（ここまできて、逃げるわけにはいかない……）
たとえエリンから接触してきたとしても、しっかりと向き合わなければならない。
それは自身の成長であり、過去を乗り越えるための大切な一歩なのだから。

◇◇◇

アメリアが明日のお茶会に覚悟を決めていた頃。
カイド大学のウィリアムの研究室は今日も遅くまで明かりが灯っていた。
校舎の隅に位置するその部屋は、日夜研究に没頭するウィリアムの宿と化している。
壁一面に展示された様々な乾燥植物。
木製の棚には書類や薬草、粉末状の薬剤などがきちんと整理されている。
植物学者であるウィリアムの情熱が存分に詰まった空間だった。
そんな部屋の奥に、大きな作業テーブルがある。
そこでウィリアムは独り言を口にしながらペンを走らせていた。

白衣はところどころに土汚れが付いており、長時間の研究による疲れが感じられた。

「よし、安全性の確認もこれで終わった……後は……」

すぐさま次の作業に取り掛かる。

ウィリアムは現在、アメリアが開発した紅死病の特効薬に関する情報を集中的に纏めていた。

学会に提出するためのレポート作成も、いよいよ最終段階に差し掛かっている。

新薬の開発は、単に創造するだけでは完結しない。

開発された薬は、その安全性や副作用の有無に関して厳しい確認を受けなければならず、その全てのデータが学会で精査される。

そして、最終的に学会の認可を得て初めて一般に流通が許可される。

アメリアの作ったこの特効薬も、例外ではなかった。

ウィリアムは、紅死病で苦しむ人々が今この瞬間にもたくさんいることを痛感していた。

そのため、一刻も早く学会の認可を得ることが最優先事項となっていた。

レポートの細部にまで気を配り、寝る時間さえ惜しんで作業に没頭している。

作業テーブルの上には詳細なデータと分析結果が積み重なり、その一枚を取ってみても作成に非常に大きなエネルギーが必要なことが窺える。

壁の時計の針は深夜を指していたが、ウィリアムの集中は途切れることがなかった。

そんな時だった。

——ちりりん、ちりりん。

殺伐とした部屋に似合わぬベルの音が、突如として響き渡る。

「突然の高音は耳に悪いんですが」

「集中しているお前は、ノックでも斧《おの》でも反応しないだろう。だから、今日は趣向を変えて呼び鈴を鳴らしてみた！」

「私を給仕か何かを勘違いしていませんか？」

ため息を隠そうともせず、ウィリアムは椅子ごと声の主に身体を向ける。

ウィリアムより一回りほど年上の男性が、呼び鈴を手に立っていた。

悪戯が成功した子供のような笑顔を見せる男性——ウィリアムの同僚リード。

線の細いウィリアムとは違い良い体格をしている。

盛り上がった筋肉のラインは白衣からも窺えた。

短く青みがかかった髪に、濃い無精《ぶしょう》髭《ひげ》。静かでどちらかというと暗いウィリアムとは対照的に、明るい太陽のような雰囲気を纏っている。

リードはウィリアムの作業テーブルに近づき、軽く身を乗り出しながら尋ねる。

「レポートは順調か？」

「もうそろそろ終わりますよ」

深いため息をつきながらウィリアムは答えた。

「いよいよだな」

感慨深げに呟いた後、リードが椅子に腰掛ける。それから少し羨ましそうに付け加えた。

「それにしても、スーランを使うとはな。俺にも、もう少し常識に捉われない視点があれば……」

その声には敬意と悔しさの両方が滲んでいた。

リードも、ウィリアムと共に紅死病の特効薬に関する研究に一年ほど取り組んでいた。

ラスハル自治区でしか採れない、高価な植物「ザザユリ」に代替する植物を探していたが、一向に成果が上がらなかった。

そんな中、ひょんなことからウィリアムが担当した家庭教師の教え子が、ザザユリに変わる植物を一瞬にして導き出す。

仮にも大学の研究員として働き、己の知力に対して自信を持っていたリードからすると、苦い気持ちもあることは確かだった。

リードの言葉に対して、ウィリアムは声を小さくして言う。

「これに関してはアメリア様が凄すぎた、としか……あれはもはや天賦の才です。私が取り組んだところで、あと数年は答えに辿り着けなかったと思いますよ」

「本当に凄いな、アメリア嬢は！　まだ十七歳だろ？」

「リード、声が大きいです」

語りに熱が籠るリードに、ウィリアムは僅かに動揺をしたように注意を促す。

「おっと、悪い悪い」

悪びれた風もなく、リードは頭を掻いた。

今度はこっそりと、口に戸を立て囁くようにリードは尋ねる。

「それで、アメリア嬢の名前は表に出すのか？」

「その件に関しては、ヘルンベルク家の当主様も交えて話してきました」

「それで？」

「アメリア様に充分な後ろ盾ができるまで、名前は非公開で、という方向に話が纏まりました」

「まあ、それが賢明だろうよ」

リードは深く頷いた。ウィリアムは念を押すように、リードに言葉をかける。

「わかっていると思いますが……」

「ああ、もちろん」

ウィリアムの言葉を遮り、リードはいつものサッパリとした笑みを浮かべる。

「このことは他言無用、だろ？」

「くれぐれも、お願いしますね」

「わかってるって。こう見えて、俺の口はダイヤモンドより硬い」

「叩けば割れてしまいますが」

「文句はへき開面に言ってくれ」

ダイヤモンドは八面体のなかで、「へき開面」と呼ばれる場所に力が加わるといとも簡単に割れてしまう。

「とりあえず、まずは学会だな」

「ええ」

ウィリアムがこくりと頷く。

学会で新薬の認可を下ろして貰うためには、何人もの教授による厳正な審査が必要だ。レポートの内容が不充分だったり、そもそも薬の有効性が認められなかったり、効果に対して副作用が大きいと判断されたりすると、認められない。

人の命に関わることのため、当然といえば当然のことであった。

「頑張れよ」

ぽんとウィリアムの肩に手を置いて、リードはしみじみとした様子で言った。

「ウィリアムをずっとそばで見てきた俺だからこそ、断言できる。ウィリアムのレポートならきっと、認可が下りるさ。大丈夫、自信を持て」

「いえ、その点は心配していません」

真顔で首を振るウィリアムに、リードはずっこけそうになった。

「せっかくカッコよく決めたのによお」

ぼやくリードに、ウィリアムは尊敬の笑みを漏らして言った。

「アメリア様の作った薬は、突っ込むところがまるでないので」

第三章　お茶会へ

お茶会当日は朝から青空が広がっていた。

太陽は明るく輝き、暖かな光が窓から優しくドレスルームに差し込んでいる。

部屋の中では、アメリアがいつもと雰囲気の違うドレスを身に纏《まと》っていた。

以前、街でローガンと選んだお茶会用のドレスで。

アメリアの髪色に合わせて購入した、落ち着きのある色の衣装だった。

「ど、どうかしら……？」

普段使いのドレスと比べると明らかにグレードの高い着心地に、アメリアは緊張気味に侍女たちに尋ねた。淡い色合いの生地が優雅に波打ち、アメリアの赤髪と絶妙な対比を成している。

ふんわりと広がったドレスの裾は、まるで水面に光が反射するような煌《きら》めきを見せていた。

装飾は控えめながらも繊細で、それぞれの刺繍《ししゅう》がドレスの上品さを際立たせている。

まさに、今日のお茶会にふさわしい気品と優雅さを演出していた。

「とても、よく似合っております」

落ち着いた調子で言葉を口にするシルフィだが、瞳には微《かす》かな憧れの色が浮かんでいた。

「アメリア様……!!　とても可愛《かわい》いです！」

ライラは感動を隠そうともせず、ぱちぱちと拍手している。

目を爛々《らんらん》と輝かせ、アメリアのドレス姿に心から感動している様子だった。

「そ、そう？　なら、良かったわ」

鏡に映るアメリアが、ほっと安心したように息をついた。

（それにしても……）

ふと、自分の姿を姿見で見ながら思う。

アメリアはドレス姿こそ煌びやかなものの、イヤリングやペンダント、指輪などはしていない。

（こういうお茶会では、あまり装飾は好まれないのかしら？）

特につけたいというわけではないが、そういう慣習なのだろうかと疑問を浮かべるアメリアであった。

「準備はできたか？」

ちょうど時を同じくして、ローガンが部屋に入ってきた。

「はい。お待たせいたしました」

アメリアがお辞儀をする。

顔を上げると、タキシード姿のローガンが目に入って心臓がどきんと跳ねた。

思わず口を手で覆った。

一言で表すと、絵画の世界から飛び出してきたかのような美丈夫がそこに立っていた。

一目で上等なものだとわかる黒いタキシードは、ローガンのシルバーカラーの髪とブルーの瞳を一層際立たせていた。

すらりとしつつも筋肉質な体格にぴったりと合わせられたタキシードは、優雅さと力強さの両方をバランスよく昇華させている。

普段とは違うローガンの姿に、アメリアは新鮮さと別に抑えきれない胸の高鳴りを感じていた。

「か、かっこいい……です……」

思わず、アメリアは言葉を漏らす。

「普段着ないから、とても窮屈だ」

首の後ろを掻《か》きながら、ローガンは苦笑を浮かべた。

それからローガンは、アメリアのそばにやってくる。

アメリアのドレス姿に視線を向けてから、ローガンは言葉を紡いだ。

「とても綺麗《きれい》だ」

続けて。

「よく似合っている」

嘘《うそ》偽りのない言葉に、アメリアの心臓がさらに音を大きくする。

まだお茶会へ向かう馬車にも乗っていないのに、床に崩れ落ちそうになった。

「ありがとう、ございます」

顔をいちご色に染めながら、アメリアはやっとのことで言葉を絞り出すのであった。

◇◇◇

「手を」

部屋を出る際にローガンはアメリアに手を差し出した。

「普段着慣れていないドレスだから、転ぶと危ない」

優しい物言いに胸が温かくなる。

ちょっぴり照れ臭そうに笑って、ローガンの手にアメリアは掌《てのひら》を重ねた。

大きな手から伝わる温《ぬく》もりを感じながら、二人はゆっくりと歩き始める。

「ローガン様は社交会慣れしていそうですね」

ふとアメリアが言うと、ローガンは「そうでもない」と返す。

「基本的に、夜会や茶会の誘いは断っていた」

「そういえば、あまり顔は出さないと仰《おっしゃ》っていたような……」

アメリアが言うと、ローガンはそれは大きなため息をついた。

「夜会で腹黒貴族や打算的な令嬢のアピールを受けるくらいなら、屋敷で仕事をしていた方がマシだからな」

「い、色々あったのですね……」

アメリアが慄《おのの》きながら言うと、ローガンはぽつりと溢《こぼ》す。

「……君と過ごした夜会が、一番楽しかったな」

「え？」

「いや、なんでもない。忘れてくれ」

アメリアが尋ねるが、ローガンは話を深掘る気はないようだった。

そうこうしているうちに、エントランスの扉が開く。

陽光が差し込み、アメリアは思わず目を閉じた。

広々とした玄関には大きな馬車が待っていた。馬車の前には、従者のリオが立っている。

「今回はリオを連れていく」

リオはローガンの従者の一人だ。

鋭い眼光を持ちながらも、凛々《りり》しく端整な顔立ちにはまだ少年の面影が残っている。

淡いグレーの瞳に、短めに整えられた金色の髪。

元軍人ということもあり、ローガンより背は低めだが身体《からだ》は引き締まっていた。

「アメリア様、ローガン様、本日はよろしくお願いいたします」

「よろしくね、リオ」

頭を下げるリオに、アメリアは笑顔で言った。

後は馬車に乗り込むだけというタイミングで。

「アメリア」

「はい」

呼びかけられ、振り向く。ローガンの手には、小さな箱が握られていた。

「本当はもっと早く渡すつもりだったんだが」

微かに緊張した様子でローガンが箱を開けた。

「これを」

ローガンがペンダントを手にアメリアに差し出す。

「っ……それは……」

思わずアメリアは息を呑《の》んだ。同時に、胸がきゅうっと締まった。

そのペンダントには見覚えがあったからだ。

陽光に晒《さら》され赤く光る紅《あか》い宝石は控えめながらも、抜けるような透明感と独特な模様で、目を奪われるほどの美しさを放っている。

その宝石をプラチナの地金が取り囲み、バランスの取れたデザインに仕上がっていた。

使用されているダイヤはクラウン・ブラッド。ノース山脈でしか採れないブラッドストーンという鉱石の中でも、ごく僅かしか採れない貴重な宝石。

ローガンとの初めてのお出かけの際に購入して……メリサに壊されてしまったペンダントだった。

「希少な宝石だったから、修理に時間がかかってしまった。渡すのがギリギリになってすまない」

「いいえ、いいえ……」

ぶんぶんと、感情を表現しきれないと言ったようにアメリアは首を振る。

（ああ、だから……）

ドレス以外の装飾を施されなかった意図を察した。

ローガンを見上げ、愛《いと》おしさに溢《あふ》れた笑顔でアメリアは言う。

「今度はずっと、ずっと……大切にします」

アメリアの感謝の気持ちがどれほどのものか、この言葉が全てを表していた。

ローガンの表情が僅かに強張《こわば》る。

平常心を戻せと落ち着かせるように、そっと息をついてから尋ねた。

「つけても？」

こくりと、アメリアは頷《うなず》いた。

ゆっくりと、そして優しい手つきで、アメリアの首にペンダントをつけた。

その瞬間、アメリアのドレス姿は、パズルの最後のピースがハマったかのようになる。

首元にペンダントの存在を感じながら、アメリアは嬉《うれ》しさでいっぱいになった。

思わず、ペンダントに手を当て、ひんやりとした感触を確かめた。

照れ臭そうに見つめ合う二人の笑顔は、絵にして飾りたくなるような光景だ。

「……おほん」

何やら自分たちだけの空間を作り出している二人に、リオが咳払《せきばら》いで割って入った。

「そろそろ出発しないと、遅刻してしまいますよ」

ぴしゃりと言うリオの言葉に、二人はハッとする。周りでシルフィやライラといった使用人たちが微笑《ほほえ》ましい表情をしていることに、やっと気づいた。

「そ、そうですねっ……」

「もう出発しないとな……」

僅かに上擦った声を上げながら、二人は何事もなかったかのように馬車に乗り込んだ。

それからお茶会に向けて、馬車は出発したのだった。

◇◇◇

エドモンド公爵家は、国内でも指折りの名門家系だ。

爵位は王族からの世襲ではなく、先々代の顕著な功績によって授けられたもの。

しかしその格式は時の流れと共にますます磨きがかかり、社交界ではその名を知らぬ者はいない。

そんなエドモンド公爵家が本日開催するお茶会は、ヘルンベルク家の屋敷に劣らぬ広大な敷地で華やかに行われていた。

庭園は花々で飾られ、煌めく日差しの下で色とりどりの花々が競い合うように輝いている。

テーブルに並んだ豪勢な食事はどれも一流のシェフが腕によりをかけて作ったもの。

会場の一角では音楽隊がピアノやバイオリンを奏で、優雅な旋律は庭園全体に流れ渡っていた。

豪華な会場設営は公爵家の富と品位を象徴しており、参加者の紳士淑女たちはその絢爛《けんらん》さに思わず目を見張るほど。

参加者の多くは有名貴族で、主旨がお茶会とだけあって令嬢の比率が高い。

彼女らの華やかな装いは会の格式高さを物語っていた。

高貴な血筋の者たちは皆楽しげに会話に興じており、中には国の重要な政治の話題も交じっている。格式と豪華さにおいて、エドモンド公爵家のお茶会は他のどの家のものにも劣らない、上品な社交の場であった。

賑《にぎ》やかな会場の中、とあるグループの中にハグル家の次女エリンはいた。

「まあっ、イリヤ様とアーノルド様が婚約？」

「ええ、確かな筋からの情報なので、間違いないですわ」

「やっぱり！　あの二人、以前から怪しいと思っていましたの」

扇子を手に、友人の令嬢たちとのゴシップに興じている。

そんなエリンの外見は、この日のために目一杯おめかしをしたものだった。

派手に纏め上げた金髪、厚めの化粧で顔を飾り、高いヒールで背を伸ばしている。

一見すると派手な印象を与えるが、類は友を呼ぶ法則に従い周りの令嬢たちも同じような系統の外見のため、悪目立ちはしていないそうだった。

（いよいよ、この時がやってきたわね……）

友人との会話はそっちのけで、エリンは思った。ニヤリと口角を持ち上げる。

エリンの意識は先ほどから、会場の入り口へと向けられていた。

お目当ての人物はいつ来るのかと、心ここに在らずといった様子だった。

エリンが待ち受ける人物は当然、アメリアである。

「そういえばエリン様、今日は珍しく以前着ていたドレスなのですね？」

ふと、友人のイザベルがエリンに尋ねた。

イザベルにとっては何気ない質問だったが、エリンのプライドがピシリと音を立てる。

「え、ええ……本当はシャレルの新作ドレスを発注していたのだけれど、今日の会に間に合わなかったの」

言い訳めいた返答をするエリンに、イザベルは「まあっ」と口を押さえる。

「そうだったのですね！　ごめんなさい、気が回りませんでしたわ」

「それは災難でしたわね、エリン様……」

「次の会でお目にできるのを楽しみにしておりますわ！」

口々に慰めの言葉をかけられ、取り巻きたちが悪意なき目を向けてくる中。

「え、ええ……次の夜会では、必ず……」

鼻をひくつかせながら、エリンは言った。

家の財政が立ち行かなくなって、新作のドレスを売り払わざるを得なくなった、なんて口が裂けても言えなかった。

（なんで私がこんな思いをしなきゃいけないのよ……!!）

心の中で、エリンは怒りの炎を燃やした。

周りからどう見られているかを何よりも重視するエリンにとって、流行遅れのドレスに言及されるなぞ許されないことだった。

（これも全部全部、お姉様のせい……）

ギリリッと、エリンは扇子を力強く握り締めた。

エリンの大切なドレスや宝石が父セドリックに勝手に売り払われた理由を、エリンはまだ知らない。セドリックに聞いても、ただアメリアのせいだとしか言われなかった。

アメリアがローガン公爵のもとで何かをやらかし、それが理由でハグル家が被《こうむ》ったと、という推測しかない。そのため、エリンのアメリアに対する憎悪は募るばかりで、今日は思う存分発散しようと心に決めていた。

「そういえば、今日はヘルンベルク家の当主様がいらっしゃるのですよね？」

ふと、思い出したようにイザベルが言う。

その言葉を耳にした周りの令嬢は途端に顔を曇らせ、エリンはぴくりと耳を動かした。

「ヘルンベルク家と言うと、ローガン様ですよね？　あの暴虐公爵の……」

「ええ、冷酷無慈悲、怒りっぽくてすぐ暴力を振るうという……」

「私、まだ見たことないのよね」

「一回だけ遠目で見たことがあります。確かに目鼻立ちは整っておられましたが、人を殺《あや》めてそうな目をしておりました」

「ええ〜〜、怖い……!!」

口々に言い合う令嬢の中、イザベルがハッと気づいたようにエリンの方を見る。

「確か、ローガン様のお相手は醜穢《しゅうわい》令嬢……エリン様のお姉様ですよね？」

話を振られ、友人たちの視線がエリンに集まる。

この話を振られるのは想定済みだった。エリンは動揺することなく言葉を連ねる。

「ええ、そうよ。いつまでも貰《もら》い手《て》がいなかったお姉様だったから、ヘルンベルク家の当主様に見初められて、良かったんじゃないかしら」

そう言った上で、エリンは意地の悪い笑みを浮かべて言葉を加えた。

「暴虐公爵のもとで日々を過ごすことが、幸せかどうかはわからないけど」

「あらあら……」

エリンの言葉に、イザベルはご愁傷様とばかりに苦笑いを漏らす。

「とはいえ、お姉様は被虐趣味をお持ちのようだったから、案外幸せかもしれないわね」

エリンが言うと、場にどっと笑いが起きた。

令嬢たちは口元を覆い、お腹《なか》を抱え、あー可笑《おか》しいとばかりに笑い合う。

ハグル家の長女アメリアに対するイメージは、悪い方向ですっかりと定着している。

醜穢令嬢、ハグル家の疫病神、傍若無人の人でなしなど、言われたい放題だ。

セドリックがアメリアの嘘の不評を流し、デビュタントに貧相な格好で出席させた。

それ以降、社交の場に一切顔を出させなかったから、噂《うわさ》に尾ひれがついてこうなるのは必然の流れだった。

アメリアの評判を落とし、代わりにエリンの株を上げるというセドリックの目論《もくろ》みは見事成功を収めていたのだった。

そんなアメリアが婚約したのは、よりにもよってあの暴虐公爵。きっと、アメリアは日々ひどい目に遭わされているのだと、その場にいた誰もが信じて疑わなかった。

（今日も、どうせ野暮ったいドレスで、みすぼらしい容貌で来るのでしょうね）

由緒正しきエドモンド公爵家の夜会を汚さないか。

身内としてはそれだけが気掛かりであった。

（お姉様に関わるなと、お父様には言われたけど……）

こんな絶好の機会を逃すつもりはない。

（これでもかってくらい嫌がらせをして、鬱憤を晴らしてやるわ）

ドス黒い感情を胸に沸かせ、くくくと漏れ出そうな笑いを抑えていたその時。

「ヘルンベルク家の当主様、並びに婚約者様がいらっしゃいました！」

待ちに待った声がエリンの耳に入った。社交の場に滅多に顔を出さないローガンが来場したとあって、会場にいる面々の視線が受付に集まる。

（やっと来たわ！）

高揚を隠そうともせず、エリンも目を向けて——エリンは扇子を落としてしまった。

「なっ……!?」

エリンの目に飛び込んできた光景は、自分が期待したものとはあまりにもかけ離れていた。

ざわざわと、会場が今までの空気と違うものになる。

受付からゆっくりと、こちらに歩いてくる二人。

まずはヘルンベルク家の当主、ローガン公爵。目鼻立ちが整っているとは聞いていたが、実際の容貌はそんな言葉で形容できるレベルをはるかに超えていた。

まるで神話から抜け出たような、圧倒的な美がそこにあった。

神が細部にまでこだわりを持って精巧に作り上げたかのような顔立ち。

シルバーカラーの髪は太陽の光を浴びて眩《まばゆ》く輝いている。

静かに前を見据える瞳は深く蒼《あお》い空の如《ごと》く、中には鋭い輝きが宿っていた。

背が高く鍛えられた身体はスマートに、黒のタキシードを着こなしている。

その圧倒的な存在感は、会場にいる者たちの視線を釘付《くぎづ》けにした。

「あれが、噂のローガン公爵……？」

「うっそ……物語の世界から出てきた人みたい……」

取り巻きの令嬢たちからうっとりとした声が上がる。

婚約者がいるにも拘《かか》わらず目にハートを浮かべる者もいた。

ローガンの美貌に完全に魅了されている様子だった。

エリン自身も、ローガンの容貌に見惚《みと》れてしまう。彼は間違いなく、エリンがこれまで目にしてきた貴公子たちの中で、ずば抜けて高い容貌を持った男性だった。

しかし、エリンが驚くべきはローガンだけではなかった。

（あれが、お姉様……？）

ローガンと腕を組み、優雅に歩く姉アメリアに、エリンの視線は釘付けになった。

記憶にいたアメリアの姿は、そこには存在していなかった。

精巧に彫刻された芸術作品のように整った顔立ち。

雪のように白い肌は、太陽に負けぬほどの輝きを放っている。

シルエットは細くしなやかでありながら、健康的な体軀《たいく》だった。

アメリアが歩くたびに波打つブルーカラーのドレスは高級な仕立てで、エリンのものとは比べ物にならないほどの上質さを誇っていた。

実家にいた頃の、汚らしくやせ細っていたアメリアとはまるで別人のようだった。

ヘルンベルク家での健やかな生活と、一流のコーディネートによって、アメリアは絶世の美少女へと変貌を遂げていた。

「おいおい誰だよ、醜穢令嬢とか言ったやつは……」

会場のどこかから驚愕《きようがく》した男の声が聞こえた。

まるで、妖精が舞い降りたかのような驚嘆。

「嘘……あれがアメリア様……？」

「綺麗……」

取り巻きたちが唖然《あぜん》とした様子で言う。

同性である彼女たちも、アメリアの美しさを認めざるを得ない。

それどころか、ある種の羨望の念を抱いていた。

（嘘……嘘よ嘘よ嘘よ嘘よ!!　そんなはずない……!!　そんなはずがない!!）

驚き、嫉妬、怒り。

様々な感情がごった煮となった業火がエリンの心を燃やす。

ダンッ!!

落とした扇子をエリンは思い切り踏み潰した。

「エ、エリン様!?」

驚きの声を上げるイザベルに、エリンはにっこりと影のある笑みを浮かべて。

「失礼、足が滑ってしまったわ」

おほほほと、取ってつけたように言うエリン。

「あ、あはは……お気をつけくださいまし」

イザベルは頬を引き攣《つ》らせた。ローガンとアメリアに見惚れていた他の取り巻きも、何事かとばかりにエリンを見やっている。

「さて、と……」

何事もなかったかのように表情を切り替え、予備の扇子を懐から取り出しエリンは言った。

「お姉様に、挨拶をしてきますわ」

◇◇◇

受付をスムーズに終わらせ、会場の見回りをすると言うリオと別れた後。

ローガンと腕を組み、アメリアは会場をゆっくりと歩いていた。

(うう……早くも足が……)

しかしその足は震え、まるで自分のものではないかのような感覚に陥っている。

エドモンド公爵家の庭園の豪華さと、知らない人たちがたくさん集う空間にアメリアは圧倒されていた。

それだけではない。参加者たちの多くがこちらにチラチラと視線を投げかけてきて、首筋には汗が滲《にじ》み、心臓はバクバクだった。

「大丈夫か？」

アメリアの緊張を察したローガンが小声で尋ねてくる。

「は、はい。ただ、なんだか悪目立ちをしているような……」

緊張を隠せずに返すアメリアは、自分が途方もなく場違いな存在のように感じていた。

「安心しろ、悪い方向ではない」

「……？　だと良いのですが……」

アメリアは、自分の容姿が周囲からどう見られているのか、全く気付いていない。

故に、ローガンの言葉の意味を噛《か》み砕けなかった。

ふとその時、アメリアの目に緑と黄色が映った。

会場の見栄えを良くするべく、大きな鉢に植えられた植物。

「あっ、キーテム……」

キーテムは人の背丈くらいある大きな植物で、その枝はちょっとした木のように広がっている。

先端には何枚もの花弁をつけた大きな花がいくつも咲き誇っており、会場の華やかさを際立たせるのに一役買っていた。

（確か、キーテムは森林の奥地にしか生えない希少な種……流石《さすが》、公爵家ね……）

そんなことを思いながらキーテムに気を取られていると。

――ゴッ。

「あっ……」

ただでさえ緊張で震え気味の足が何かにつまずいた。

（いけないっ……）

そのままずっこけそうになるも。

「おっと」

ローガンがアメリアの腕に力を強く入れ、辛うじて転倒は免れた。

しかしその際、ローガンがアメリアを抱き抱えるような体勢になる。

「大丈夫か？」

ローガンの顔立ちが目と鼻の先に迫る。

「は、はい。ありがとうございます……」

緊張とは別の理由で鼓動を激しくさせながら、アメリアはやっとの思いで返した。

「まあっ……なんてお優しい……」

「本当に、噂の暴虐公爵か……？」

一連の流れを見ていたどこかの貴族が、そんな言葉を口にした。

◇◇◇

会場において、参加者の貴族たちは思い思いに過ごしていた。

良い所出の貴公子は仲間の貴族と言葉を交わし、令嬢たちはテーブルに座り紅茶に舌鼓を打っている。そんな中、ローガンはアメリアを引き連れ、主催者であるエドモンド家当主クリフのもとへと歩み寄った。

公爵は妻と思《おぼ》しき貴婦人をそばに控えさせ、数人の貴族と談笑していた。しかしローガンの姿を見るなり「おおっ」と、目を見開き、会話を切り上げてこちらにやってきた。

「おお、ローガン。来てくれたか」

クリフは初老でありながら、堂々とした風格と恰幅《かっぷく》の良さが目立つ人物だ。

豪華な服装は金糸や細かい装飾で飾られ、彼の地位の高さを示している。白髪交じりの金髪は整えられ、深い知識と経験を感じさせる穏やかな瞳はどこか落ち着きを帯びていた。

「ご無沙汰しております、クリフ公爵」

ローガンは礼儀正しく頭を下げた。

「そんな畏《かしこ》まらなくていい。昔のように、クリフさんと呼んでくれ」

「恐れ入ります。改めて、本日はよろしくお願いします、クリフさん」

「それでいい」

満足そうに、クリフは頷いた。

「ミレーユさんも、お久しぶりです」

すかさずローガンが夫人に向けて挨拶すると、ミレーユは微笑んで答えた。

「ご無沙汰しています、ローガン様。お元気そうで何よりです」

クリフの妻ミレーユは年齢を感じさせない、磨きがかかった上品な美貌の持ち主であった。

ドレスは深いエメラルド色で、高貴さを際立たせるデザインが施されており、首元には繊細なダイヤモンドのネックレスが輝いていた。上品に纏められた髪も、優雅な佇《たたず》まいも、会場の他の貴婦人たちと一線を画しているように見えた。

「そちらが、例の婚約者かね？」

クリフ公爵がアメリアに目を向ける。

彼の言葉には好奇心が含まれている一方で微かな厳しさも感じられ、アメリアの背筋に緊張が走った。じっと見つめるその瞳は、まるでアメリアの人となりを見極めようとしているようだった。

（やっぱり、警戒されてる……よね）

このお茶会に招待された経緯をアメリアは思い返していた。

ヘルンベルク家とエドモンド家は旧知の仲。

このお茶会は交流の場で、エドモンド家は定期的にヘルンベルク家の人間を招待していた。ローガンが婚約したことを聞いたクリフ公爵は、家間の形式としての二人をお茶会に招待したのだ。

しかしその一方で、クリフはアメリアが社交界で持つ悲惨な噂を耳にしている。

なので、クリフから見たアメリアの印象は、現時点ではよくないはずである。

(なんにしても、大事なのは第一印象……)

アメリアは静かに息を吸い込んで、コリンヌ先生の言葉を反芻《はんすう》しながら肩の力を抜いた。

「お初にお目にかかります。ローガン様の婚約者、アメリアと申します」

落ち着いた、柔らかな声でアメリアは言う。

言葉と同時に、アメリアは洗練されたカーテシーを行った。

その動きは迷いがなく、まるで水が流れるように滑らか。

ドレスの裾を控えめに摘《つま》み、一歩足を後ろに下げ、深く身を屈《かが》める。

その所作一つ一つには、まるで舞台上のプリマドンナのような優美さが宿っていた。

「ほう……」

クリフが頷き、息を漏らす。

アメリアは顔を上げ、ふんわりと微笑んでから、クリフとミレーユに向けて言葉を贈った。

「『高貴の典範』と名高いエドモンド家のお茶会にご招待いただき、光栄の極みです。この機会を通して、両家の更なる友好を深められるよう、尽力したく存じます」

アメリアが言うと、ミレーユはクリフをちらりと見た。

クリフは頷き、アメリアに手を差し出す。

「主催のクリフ・エドモンドだ。今日はよく来てくれた」

クリフの手を取るアメリア。トルーア王国において、握手は親愛の証《あかし》。

すなわち、アメリアを快く歓迎していることを示していた。

安堵《あんど》が表情に出ないよう、アメリアは内心でホッと息をつく。

その時、ミレーユが顔を背け、口に手を当て「こほ、こほ」と小さく咳をした。

（風邪、かな……？）

今日も今日とてドレスの中にはいくつか薬を忍ばせている。

今すぐにでも咳に効く薬を渡したかったが、初対面の相手にいきなり渡すのは違うと、流石のアメリアでもわかった。

（そこまでひどくないみたいだし、大丈夫かな……）

胸の引っ掛かりを覚えつつも、そう判断していると。

「アメリアさんは、紅茶がお好きで？」

何事もなかったかのように、ミレーユが気さくに尋ねてくる。

「はい。午後のティータイムは専ら紅茶を好んでおります」

「へえ、お気に入りの茶葉などは？」

「はい。アルサムやダージリンなど、香り高い品種が好きですね」

「まあっ……！」

きらりんと、ミレーユの瞳が光った。

まるで同志を見つけたかのように身を乗り出し、アメリアに言葉を続ける。

「わかるわ。朝、目覚めた時などに頭をすっきりさせるのに良いのよね。ファーストフラッシュとセカンドフラッシュだと、やはりセカンド？」

「セカンドフラッシュ派ですね。夏摘みの方が、より香りが強いので」

「うんうん、そうよね、そうよね」

嬉しそうにミレーユは頷く。

「ミレーユ様は……」

「ミレーユさん、でいいわ」

「ありがとうございます。ミレーユさんのお気に入りも、ぜひお伺いしたいです」

「そうね……基本なんでも好きだけど、最近は新しい味を求めてブレンドに凝っているわ」

「ブレンドですか？」

「そうそう。個人的に微妙だと思った茶葉でも、組み合わせ次第ではとっても美味《おい》しくなったりして、とっても面白いの」

「なるほど、奥が深いですね」

「アメリアさんの、お好みの淹《い》れ方《かた》は？」

「淹れ方、ですか……」

うーんと顎に手を添えてから、アメリアは言う。

「湯温や抽出時間は茶葉によって美味しさが変わるので、場合によりけりですね。例えばアルサムなら八十五度くらいで、ゆっくりと淹れるのが私の好みです」

「わかるわ！　焦って入れると味の深みが損なわれてしまうものね。それじゃあ……」

すっかり楽しげになったミレーユはさらに言葉を重ねようとするが、クリフが「その辺でよかろう」と口を挟んだ。

「ああ、ごめんなさい」

ハッと我に返ったミレーユが、微かな照れを浮かべて言う。

「紅茶に造詣の深い人との会話は楽しくて、つい熱が入ってしまいました」

こほんと咳払いをして、ミレーユは言った。

「楽しい時間だったわ、どうもありがとう。今日は楽しんでいってね」

「こちらこそ。改めて、本日はお招きいただきありがとうございました」

再度、アメリアは深く頭を下げた。

仕草も言葉遣いも丁寧で、無礼の欠片《かけら》もないアメリアの姿にクリフは呟《つぶや》く。

「……噂とはやはり、あてにならない物だな」

その言葉を聞いたローガンは、ほんの少しだけ口角を持ち上げるのだった。

◇◇◇

クリフへの挨拶を終わらせた後、ローガンに促されアメリアは席に座った。

その席は会場からは少し離れた所にあった。

あまりアメリアを目立たせないようというローガンの気遣いである。

「本日はようこそいらっしゃいました」

席に着くなり、給仕スタッフがメニュー表を持ってやってきた。

メニュー表には、紅茶の知識がさほどない参加者でも選びやすいよう、それぞれの茶葉の味や特性なども記述されている。

「では、ダージリンをいただこう」

「かしこまりました。お連れ様は……」

「アルサムをお願いいたします」

「かしこまりました。料理の方も、あちらに並んでいるものは自由にお取りいただいて結構ですので、存分にご堪能くださいませ」

給仕がお辞儀をして紅茶を淹れに行く。

「はふぅ……」

ようやく、アメリアは一息ついた。尖《とが》らせていた神経が解《ほぐ》れ、全身から力が抜ける。

「よくやった」

随分と気を張っていたであろうアメリアに、ローガンが労《ねぎら》いの言葉をかける。

一方のアメリアは不安げな表情でローガンに尋ねた。

「私、大丈夫でした？　何か粗相とか……」

「ない。完璧だった。数日で仕上げたとは思えない、立ち振る舞いだったぞ」

満足げにローガンは頷き、成長した我が子に向けるように微笑んで。

「練習の成果が出ているな」

「ありがとうございます。えへへ……」

嬉しそうにアメリアは微笑んだ。

「特に、ミレーユ夫人と紅茶の話で盛り上がれたのは良かったな」

「コリンヌ先生の助言です。もともと茶葉についての知識はある程度あったのですが、通な参加者との会話にも困らないようにと……」

「わざわざ勉強したのか」

「復習をした程度ですけどね」

「夫人も満足げだった。心証は上々といったところだろう」

「だと良いのですが……」

アメリアが言った、その時。

「今、よろしいでしょうか？」

不意にかけられた声に、心臓が摑《つか》まれたように大きく脈打った。

その声を聞くのは久しぶりのはずなのに、身体が覚えていた。

恐る恐る顔を上げて……ぞわりと、アメリアは総毛立つ。

複雑に纏め上げた金髪、厚めの化粧、装飾だらけのドレス。

手には金箔《きんぱく》と花の刺繡を施した扇子。

アメリアの妹、エリンがにっこりと笑みを浮かべて立っていた。

他の人から見ると、エリンは愛嬌《あいきょう》のある笑顔をしていると感じるだろう。
だがアメリアには、その笑顔が取ってつけたものだと瞬時にわかった。
「お初にお目にかかります、ローガン様。私、ハグル家の次女、エリンと申します」
そう言って、エリンは手慣れた様子で淑女の礼をする。
「ローガン、ヘルンベルクだ。ハグル家には、婚約の件で世話になった」
ローガンはそれだけ口にした。
冷酷で無慈悲と評判の、淡々とした表情。
長話をするつもりはないとばかりの素っ気ない返答に、エリンの表情が微かに動いた。
しかしすぐに笑顔に戻し、アメリアに向いて言う。
「お久しぶりです、お姉様。お元気そうで何よりです」
声をかけられ、アメリアの肩がびくりと震える。
ひとりでに息が浅くなり、足先から温度が失われていった。
(参加しているのはわかっていた、けど……)
いざエリンを目の前にすると、実家で虐げられていた記憶が嫌でも蘇《よみがえ》ってしまう。
頭が真っ白になって、返す言葉が見当たらなくなる。しかし。
(落ち着きなさい……)
静かに、深く、息を吸い込む。
(大丈夫……私のそばにはローガン様がいる……)

自分に言い聞かせると、少しずつ鼓動が収まってきた。

自然な笑みを浮かべ、エリンに向き直ってアメリアは言った。

「久しぶりね、エリン。会えて嬉しいわ」

想像していた反応と違ったのか、エリンは目を瞬かせる。

実家で下に見ていた時とは違いどこか余裕を纏った様子のアメリアに、エリンは扇子の下で小さく舌打ちを溢した。

——その舌打ちを、ローガンは見逃さなかった。

「それにしても……随分と様変わりされましたね、お姉様？」

煽《あお》るようにエリンは言葉を口にする。ぴくりと、ローガンの眉が動く。

「実家にいた頃はとてもじゃないですが、表に出せるような姿ではなかったですのに……流石はヘルンベルク家といったところでしょうか」

馬鹿にしたような笑みを浮かべてエリンは言う。誰が聞いてもわかる嫌味だった。

アメリアの視線が下がる。ぎゅっと、膝の上で拳を握った。

アメリアが何を言い返してこないことで、エリンは胸にすっと涼やかな風が吹き込むのを感じた。

更なる清々《すがすが》しい気分を求めて、エリンは言葉を続ける。

「ローガン様はご存じないでしょう？　実家にいた頃、お姉様は淑女にも拘わらずよく泥んこ遊びを……」

「エリン嬢」

絶対零度の声。ぎろりと、ローガンがエリンを睨《にら》む。

「俺の婚約者に対する侮辱は止《や》めて貰おうか？」

炎を灯《とも》した射貫《いぬ》くような視線に、エリンは思わず息を呑んだ。

エリンは大きな勘違いをしていた。

アメリアは愚図《ぐず》で無能な人間だ。ヘルンベルク家に嫁いだ後も、暴虐公爵と名高いローガンには好かれず、無下にされているものだと確信していた。

なんなら、ハグル家が多額の賠償金を被ったのもアメリアのやらかしのせいだと思っている。

そのため、ローガンのアメリアに対する印象は最悪。

今日のお茶会は社交の場とだけあって、仕方がなく仲睦《むつ》まじい様子を演じていると思っていた。

なので嫌味を言ったら、ローガンの方も乗ってきて追撃してくれ、アメリアに更なる追撃をしてくれるのではと踏んでいた。

にも拘わらず、ローガンは正反対の反応を示した。

数々の社交界に顔を出し、人並み以上には他人の顔色に敏感なエリンにはわかる。

ローガンは、怒っていると。

「もう一度言う。俺の婚約者への侮辱は止めろ」

「い、いえ、そんなつもりは……」

「なかったと？　先ほどの言葉はどう解釈しても、我が婚約者アメリアの容貌を揶揄《やゆ》するものに聞こえたが？」

取り繕おうとするエリンに、ローガンは逃げる隙を与えない。

これはまずいと、エリンは歯をギリッと噛み締めた。

こちらは伯爵家、相手は公爵家。家の格では相手にならない。

その上、父セドリックにはアメリアに関わるなと重々言い付けられている。

ここでローガンを怒らせて、実家に告げ口でもされたら堪《たま》ったものじゃない。

声は上擦り、心臓がぎゅうっと締まる。動揺を顔に出さないよう、エリンは必死だった。

そんなエリンに、ローガンは怒りを纏ったまま言及する。

「そもそもの話、アメリアを表に出られないようにしていたのは……ハグル家自身ではないか？」

「……!?」

今度こそ、エリンは動揺を表出した。

（なぜそれを……!?）

とばかりに、目を見開いていると。

「お話し中、申し訳ございません。ダージリンと、アルサムをお持ちいたしました」

絶妙なタイミングで、給仕が紅茶セットをカートに載せてやってきた。

場を濁すのに良い口実を見つけたとばかりに、エリンはハッとする。

「で、では、私はこれにて！　淹れたての紅茶を楽しんでくださいませ」

エリンは逃げるように、そそくさと場を立ち去っていった。

「侮辱に対する謝罪もなしか」

呆《あき》れた様子で、ローガンは息をついた。

ほかほかと湯気の立つ紅茶や、バターの香るお茶菓子が並べられる。

給仕が頭を下げて場を去ってから、アメリアは申し訳なさげに口を開いた。

「あの……ごめんなさい」

「なぜアメリアが謝る？」

「だって、エリンがとても失礼なことを……」

「確かに失礼な発言ではあったな。ハグル家へは抗議文を送るとしよう」

苦笑を漏らしてから、ローガンは言う。

この瞬間、エリンがセドリックから大目玉を食らうことは確定した。

「一番怒るべきは……アメリア自身だ」

ローガンが言うと、アメリアの頭の中で何かが光った。

「妹にも、不当な扱いをされていたのだろう？」

「……はい」

思い出せばいくらでも頭に響く罵倒。

頬を打たれたり、蹴られたりした痛み。

大切な物を踏み躙《にじ》られた絶望感。

「なら、アメリアは怒っていい。むしろ怒るべきだ。君にはその権利がある」

言われて、アメリアはハッとする。

ローガンの言葉を噛み締めるように咀嚼《そしゃく》して、自分なりの解釈を口にする。

「多分私には……怒るという選択肢が、そもそもなかったんだと思います」

目を伏せ、暗い過去を思い起こすようにアメリアは続ける。

「子供の頃からずっと、否定されて生きてきたので……ひどいことを言われるのも、暴力を振るわれるのも、仕方がないんだって……」

ぽつり、ぽつりと、アメリアは続ける。

「私が私だから、いけないんだって……そう思っていました」

今思い返しても、洗脳に近い状態だったのだろう。

別の見方をすると、自分のせいだと思い込んだ方が楽だから、深く考えないようにしていた。

その方が、解釈としては近いかもしれない。

「そんなことはないと、今ならわかるな？」

「はい」

迷いなく、アメリアは言った。ヘルンベルク家に嫁ぎ、ローガンと出会った。

愛情と肯定を注がれる日々の中で、アメリアは少しずつ自己肯定感を高めていった。

だからこそ、ローガンの言葉の意味が理屈だけでなく、心でも理解できるようになった。

理解すると、胸の奥底から燃えるような感情が湧き出してくる。

「……なんだか、思い出すと腹が立ってきました」

「そうだ、それでいい」

ローガンは頷く。

「怒りを覚えるのは、それだけ自分自身に対して価値を感じている証拠だ。これからも、自分が侮辱されたと思ったら、素直に怒りの感情を持つんだ」

「わかりました。遠慮なく怒ります」

頑張りますとばかりに、アメリアが両拳を握り意気込む。

そんな彼女を、ローガンは「ふっ……」と微笑ましそうに見つめていた。

「先ほどは、代わりに怒ってくれてありがとうございました」

「大事な婚約者を侮辱されたんだ。当然の対応だ」

語気に棘《とげ》を纏わせてローガンは言う。それから優雅な手つきでカップを持ち上げて。

「飲もう。紅茶が冷める」

「ですね」

ローガンに続き、確かな温度を伴ったカップを持ち上げ、口につける。

コリンヌ先生に教わったように、ゆっくりと、落ち着いた所作で。

「ほわ……」

思わず、アメリアは声を漏らした。口の中に広がる軽やかながらも深みのある風味。

草原を思わせるようなフレッシュな香りが舌の上で踊ったかと思うと、ふんわりとした甘さが両手を広げる。後味はクリーンで心地よく、淡いフローラルな香りが鼻腔《びこう》を抜けた。

先ほど胸に湧き出した怒りの感情が、ゆったりとした波になるようだった。

「美味《うま》いな」

「味に深みがありますね」

シルフィたちが淹れてくれる紅茶も美味しい。だが先ほどミレーユと話した感じ、エドモンド家の方が紅茶に関しては強いこだわりがありそうだった。

「飲んでみるか？」

スッと、ローガンがダージリンをこちらに寄せてくる。

明るい琥珀色《こはくいろ》の紅茶から、なんとも優雅な香りが漂ってきた。

「では、一口だけ……」

アメリアも自分のアルサムをローガンの方へ移動させてから、ダージリンに口をつけた。

口に含むと、軽やかでありながらも複雑な香りが広がる。

ほのかに感じるミントのような清涼感。

その後に続く微かな甘さ、渋みが舌の上で絶妙なバランスを生み出す。

マスカテルフレーバーの風味はダージリンが「紅茶のシャンパン」と称されるゆえんで、一口飲むだけで華やかな香りが弾《はじ》けた。

「こちらも美味しいです……ね……」

言いながら、ダージリンを見下ろした後、目をぱちぱちとさせる。

そして、先ほど自分が飲んでいたアルサムを優雅に飲むローガンを見て、気づく。

（こ、これはいわゆる……かかか間接キス……？）

ほんのりと、アメリアの頬に赤みが差した。

「うむ」

カップを置き、ローガンの方は何ら動揺していない様子で言う。

「アルサムもまた違った風味で美味いな……どうした？」

「な、なんでもございません。お気に召したようで、何よりです」

コリンヌ直伝の笑みを浮かべて、アメリアはそそくさと、アルサムとダージリンを交換し直す。

そして顔の赤みを悟られないよう、口につけたカップを思い切り呷《あお》った。

淑女にあるまじき飲み方である。

「そんなに喉が渇いていたのか？」

ぎこちなくアメリアは頷いた。ローガンとは、もう何度も口づけを交わしている。

さっきのは間接的な接吻《せっぷん》だ。それなのに。

（なんでこんなに……心臓がうるさいの……？）

理由がわからなくて、一人混乱するアメリアであった。

◇◇◇

ドンッ!!

会場から少し離れた、エドモンド公爵家の屋敷の陰。

壁に向かって、エリンは思い切り拳を叩《たた》きつけた。

「意味!!　わかんない!!」

ドンッ！　ドンッ！

何度も何度も、エリンは拳を叩きつけた。

瞳には火花が散るかのような激情を纏い、身体は怒りで震えている。

先ほどの一幕を思い返すたびに、はらわたが煮え繰り返りそうだった。

このお茶会で、溜《た》まりに溜まった鬱憤をアメリアで晴らすつもりだった。

しかし、結果的に正反対の状況になってしまっている。

婚約者を侮辱したとローガンに咎《とが》められ、明確な怒りを向けられたのだ。

元々身内だとはいえ他家の、それも自分より遥《はる》かに格の高い名家の婚約者に無礼を働くなんて良くて実家に抗議文、下手すると賠償金を請求されるかもしれない。

ただでさえ事前にアメリアには近づくなと言い付けられた上でこの有様である。

父セドリックに叱り飛ばされるのは火を見るより明らかだった。

「なんで！　私は……!!　私は悪くないのに！」

ぎりりと、頭に爪を立てる。この期に及んでも、エリンは自分の非を認めようとしない。

子供の頃から、アメリアを下に見るよう両親に言われてきた。

愚図で無能だから、生まれちゃいけなかった子だから。

様々な理由でアメリアを虐げて良い理由を刷り込まれてきた。

エリンは疑いもせず両親の言葉を信じ、嬉々《きき》としてアメリアを虐げてきた。

そんなアメリアが今や公爵家の、それもとんでもない美丈夫の婚約者で、ちゃんと愛されているだなんて。

「認めない認めない認めない認めない……!!　認められるわけがない!!」

声を張り上げるも、先ほどの光景が頭に浮かんでくる。

つまずきそうになっていたアメリアを優しく抱き留め、エリンが嫌味を言った時は怒りの感情を露《あら》わにしたローガンを。

アメリアがローガンに大切にされていることは、この短い時間で嫌と言うほどわからされた。

底知れぬ嫉妬の業火がエリンの心を燃やす。

今まで徹底的に下に見ていたアメリアが、自分では手が届かないような男性と懇意にしているという事実が、エリンに大きな敗北感をもたらしていた。

「許せない……」

ぎりりと、エリンは歯を鳴らす。

エリンもそれなりに見てくれは良いため、貴族の令息に言い寄られた経験は少なくない。

しかしその中で、公爵家ほどの格の高さと、ローガンほどの美貌の持ち主はいなかった。

なんなら、どちらか一方を持っている者すらいない。

社交界に身を置いている時間が長いと、自分がどれくらいの格の男性と結婚できるのか何となく理解できるようになる。

今の自分の格で、ローガンほどの男性を婚約者にすることは……。

ダンッ!!

足を踏み鳴らし、エリンは思考を中断させる。

「はあ……はあ……」

息を切らしながら、徐々に激情を静めていくエリン。

それでも気が収まらないのか、手に持っていた扇子を真ん中からへし折る。

本日二本目の犠牲者であった。

「このままじゃ、終わらないわよ……」

未《いま》だ怒りの炎を燃やして言うエリンだが、直接的な嫌がらせはもう難しいだろう。

(何かいい方法は……)

ガリッと爪を噛みながら考えていると。

「間もなく茶葉の読み解きを開催しますー！　参加希望の方はお集まりください！」

背後で一際大きな声が聞こえてきた。

振り向いて見ると、会場の中央あたりに人だかりができている。

「茶葉の読み解き……」

エリンはハッとした。そして、名案が浮かんだとばかりに口元をニタァと歪《ゆが》ませて。

「いいこと思いついちゃった」

◇◇◇

お茶会の時間はゆったりと流れていった。アメリアとローガンは紅茶をのんびりと楽しんでいたが、その間、席に訪れてくる者はいなかった。時折、こちらに視線を寄越《よこ》しながらひそひそ話をするグループはいたが、実際に話しかけてくる気配はなかった。

(やっぱり……浮くわよね……)

片や醜穢令嬢、片や暴虐公爵。

長い時間をかけて社交界に根付いた悪い噂が、貴族らの間に分厚い壁を作っていた。

ちくりと、アメリアの胸に痛みが走る。

自分の悪い噂によってローガンも被害を被っているのではないか。

自分がいることによって、ローガンと話をしたい貴族が寄ってこられないのでは。

そんなことを考えていた。二杯目の紅茶を口につけている時にアメリアは尋ねた。

「ローガン様は、挨拶に回らなくても大丈夫なのですか?」

主催のクリフに挨拶をして以降、エリンが絡んできたのを除外すれば、ローガンは他の貴族と会話をしていない。ずっと社交の場に顔を出していない自分はともかく、ローガンは話すべき相手がいるのではとアメリアは考えた。

アメリアの質問に、ローガンはふっと鼻を鳴らし、自嘲気味に尋ね返す。

「俺がそんなに社交的に見えるか?」

「好んで人と関わるタイプではなさそうです」

「そういうことだ」

「でも、どなたかいらっしゃるのでは？」

「いるにはいるが、俺からわざわざ声を掛ける必要性はない」

カップを置いて、アメリアの目を真《ま》っ直《す》ぐ見つめてからローガンは言う。

「アメリアとの時間が、何よりも大切だからな」

「ま、またローガン様は、私を惑わすような言葉を……」

「困った顔も可愛いな」

そう言って、ローガンが身を乗り出す。すっと、大きな親指がアメリアの頬に触れた。

「……ローガン様、意地悪です」

「すまないな、揶揄《からか》いすぎた」

小さく笑みを浮かべて、ローガンは自分の席に座り直した。

それから何事もなかったように紅茶を一口含んで言う。

「とにかく、心配する必要はない。向こうから話を振ってこない限り、俺は……」

「おお！　ローガンじゃないか、来てたのか」

「……噂をすればなんとやらか」

この声はあまり聞きたくなかったとばかりに、ローガンはため息をついた。

歳《とし》はローガンと同じくらいだろうか。濃い灰色の髪を綺麗に後ろに撫《な》でつけている。

柔和そうな目をしているが、よく見ると瞳の奥には知性と計算高さを窺《うかが》わせた。

「急に声をかけるな、ルーク。ただでさえお前の声は大きい」

「すまない、すまない。まさかこんな場所で会えるとは思っていなかったから」

「招待名簿に名前があっただろう」

「お前の招待名簿の信用度は『行けたら行く』くらいなんだよ。最後に会ったのは何年前だ？」

「二年前の、カイドで行われた夜会だな」

「ああ、そうだそうだ！　もうあれから二年も経《た》つのか、懐かしいな」

しみじみと頷くルーク。やりとりを見たところ、ローガンとは旧知の仲のようだった。

（二年前……そういえば、私のデビュタントも……）

アメリアが思い返していると、ルークと視線が合った。

「そういや、婚約者ができたんだってな」

胸に手を当てて、ルークは恭しく頭を下げる。

「初めまして、ノルドー侯爵家の長男、ルークと言います。ローガンとは貴族学校で一緒でした」

紹介を受けて、アメリアはゆっくりと立ち上がる。

「お初にお目にかかります。ローガン様の婚約者、アメリアと申します。ローガン様のご学友とお会いできたことを、心から嬉しく思います」

淑女の礼をしながら言うアメリアを見て、ルークは面白いものを見ているかのように顎を撫でながら。

「なるほど。お前が好きそうな子だな」

「ルーク、本題に入れ。まさか世間話をするために来たわけじゃないだろう？」

ローガンの問いに、ルークは何のことだと言わんばかりに肩を竦《すく》める。

「とぼけるな。お前が俺に話しかける時は、決まって何かトラブルを抱えている」

「流石！　話が早くて助かるよ」

先ほどまでの軽いノリに、微かな緊張を纏わせてルークは言う。

「うちの領地運営に関して、少し込み入った話がしたくてな」

「また資金繰りに困っているのか」

「町に新しく遊技場をオープンさせたんだが、思った以上に収益が悪いんだ。目安箱には散々、娯楽施設が欲しいと書いておいて、いざ作ったら金は払わないと来ている」

「娯楽事業への投資はほどほどにしろとあれほど……」

「まあまあ、そこでローガンの頭脳の出番ってわけさ」

ぽんぽんと、ルークはローガンの肩を叩く。ローガンは盛大にため息をついた。

「他力本願にも程があるだろう。生憎《あいにく》、今俺は……」

ちらりと、ローガンはアメリアに視線を向ける。

ローガンの言わんとしていることを察したアメリアは、控えめな笑みを浮かべて口を開いた。

「私のことは大丈夫ですよ。どうぞ遠慮なくお話ししてきてください」

「だが……」

にこりと、アメリアは笑みを浮かべる。

気にしないでくださいというアメリアの内心を汲《く》み取ったローガンは、少し離れた位置で見守るリオに目を向ける。

「いかがなされましたか？」

ローガンの視線に気づき、リオがやってくる。

「しばらく俺は席を離れる。その間、アメリアを頼む」

「承知いたしました」

ルークに向き直って、ローガンは言った。

「少しだけだぞ」

「流石ローガン！　持つべきは親身な友人だね」

こうして、ローガンはルークと共に席を離れたのであった。

◇◇◇

「ごめんね、手間をかけさせてしまって」

ローガンの代わりにそばに控えてくれているリオにアメリアは言う。

「お気になさらず。任務ですので」

相変わらず、リオはクールな調子だった。

主人に似たのか、元々の気質がそうなのか、リオは相変わらず仕事に対してドがつくほど真面目である。

「ねえ、リオ」

「はい」

カップをテーブルに置いて、アメリアは尋ねる。

「最近のローガン様は、特に変わりはない？」

ローガンは、あまり自分のことを語らない。

他の人からすると、ローガンはどう映っているのかが気になった。

「ローガン様ですか？　そうですね……」

顎に手を添えて、しばらく考えてからリオは言う。

「角が取れた……気はします」

「角……？」

「はい。失礼ながら、その……ローガン様は、ちょっと棘があるじゃないですか」

「え、ええ……そうね」

あの鋭い視線といい、物言いといい。

初めて会った人からすると、ローガンにはきつい印象を持つ者も多いだろう。

「それが、最近は物腰が柔らかくなったといいますか。以前に比べて、感情の機微が増えたように思えます」

「あっ、確かに！　それはわかるわ」

当初出会った頃に比べると、随分とローガンの笑顔を見る回数が増えたように感じる。

どこか刺々《とげとげ》しかった雰囲気も、今や柔らかく、穏やかさを纏っていた。

「何か、良いことでもあったのかな」

アメリアが言うと、リオはぱちぱちと目を瞬かせた。

「それ、本気で言ってます？」

「え？」

なんのこと？　とばかりに小首を傾《かし》げるアメリアに、リオは額を押さえて。

「そうですね、そうでした……アメリア様は、そういう人でしたね」

「わ、私また、何か変なこと言っちゃったかしら？」

「いえ、別に。アメリア様はそのままが一番良いですよ」

控えめに口角を持ち上げて言うリオに、アメリアは再び首を傾げるのだった。

「教えてくれてありがとう、リオ」

「どういたしまして。といっても、そんな大層なことは言っていませんが……」

「あ、そうだ！」

名案が浮かんだとばかりにアメリアがぽんと手を打つ。

「リオ、紅茶は好き？」

「ええ、まあ。たまに飲むくらいですが」

「渋めが好き？　それとも甘め？」

「渋い方が好きですね」

「じゃあ、今度淹れてあげる！」

任せてっと、握り拳を作る。再びリオは目を丸くした。

「つくづく、アメリア様は変わっていますね」

たかが一使用人に紅茶を振る舞う令嬢がどこにいるのか。

少なくとも、リオの記憶には存在しなかった。

「そ、そうかしら……？」

「はい、でも……ずっとそのままでいてくださいね」

「よくわからないけど、わかったわ？」

「紅茶、楽しみにしています」

そんなやりとりをリオとしていると。

会場の真ん中付近で、何かに引き寄せられるように人だかりができていた。

観衆の間からは時折興奮した声や、期待に胸を膨らませる囁《ささや》きが漏れ聞こえてくる。

何か、特別な催しが開催されているようだった。

「あれは？」

「ああ、茶葉の読み解きですね」

「茶葉の読み解き……？」

「はい。実際に紅茶を飲んでみて、なんの茶葉が使われているのかを競う遊びだったかと」

「へええ、そんな催し物があるんだ」

生まれて初めて聞くイベントに、アメリアが新鮮味を感じていると。

「せっかくですので、お姉様も参加してみてはいかがですか？」

首筋にナイフを押し当てるような声が、アメリアの鼓膜を震わせる。

「エリン……」

振り向くと、どこか清々した笑顔でエリンが立っていた。

（あれ……さっきと違う扇子……？）

そんなことに気づくアメリアに、エリンは続ける。

「私と一戦お願いできません？　せっかくの再会ですし」

白々しい笑顔を貼り付けて言うエリンに、すかさずリオがアメリアの前に割って入った。

「申し訳ございません。失礼ですが、これ以上はご遠慮いただけますか？」

リオに咎められ、エリンはムッとする。

「失礼なのはどっち？　貴方《あなた》、使用人の癖に出しゃばりすぎでは？」

他家とはいえ、使用人は所詮使用人だ。

アメリアと同じく、下に見て良い存在だとエリンは考えている。

リオは少しだけ眉を動かしつつも、冷静な表情のまま言った。

「ローガン様から、自分の不在の間は何人たりともアメリア様に近づけるなと指示されておりますので」

　エリンを毅然《きぜん》と見据え、リオは冷たく言い放つ。

「特に、アメリア様の血縁者の方には」

　リオはリオで、ローガンからアメリアの家族のことを伝えられているのだろう。

　このお茶会においても、エリンをアメリアに近づけるなと厳に言い聞かせられている。

　明確な敵意の籠った瞳を向けられて、エリンは眉間に皺《しわ》を寄せる。

　しばしリオと睨み合っていたが、やがて根負けしたように。

「そこまで言うのでしたら、良いですわ」

　心底ガッカリしたようなため息をつき、エリンはアメリアの方を見る。

「でも残念。お姉様はよく植物と戯れておりましたから、茶葉の読み解きくらいお手のものだと思っていましたのに」

　期待はずれと言わんばかりの言葉が、アメリアの胸にモヤリとした不快感を生じさせる。

「とはいえ、仕方がないですわね。お姉様に、勝負事に挑む度胸があると思い込んだ私が間違っていましたわ」

　明らかな挑発とわかっていつつも、胸のモヤは一層大きくなる。

　アメリア自身、図星なところもあって何も言い返せないからだ。

（今までの私だったら、逃げの一択だったけど……）

　胸のモヤは芯を伴った炎に変わり、アメリアに行動力をもたらした。

「エリン嬢、流石に失礼が……」

「やります」

真っ直ぐエリンを見て、アメリアは言う。

「やらせてください」

（ここで逃げたら……ダメな気がする）

このタイミングでアメリアが承諾すると思っていなかったのか、エリンはしばし目を瞬かせる。

しかしやがて、ニヤリと笑って。

「そう来なくっちゃ」

第四章　アメリアの戦い

『茶葉の読み解き』――それは、出された紅茶を飲んで、その中に使われている茶葉の種類を当てるゲームだ。

参加者は戦いたい相手と一対一で対決する形式で、出される問題は三問。

制限時間は各問題に対して三分。

より多くの人に参加して貰《もら》うべく回転率を重視しているため、片方が間違えた時点で正解した方が勝利、どちらも間違えた場合は引き分けとなる。

「……以上が、茶葉の読み解きのルールとなります！」

司会によるルール説明が終わると、アメリアの背中がピンと伸びた。

アメリアの前には大きなテーブル、隣にはエリンが座っている。

テーブルの正面は簡素な柵を隔てて観客の立ち見席が並び、多くの貴族たちがこの勝負に興味津々の様子で見守っていた。

（ううっ……勢いで承諾しちゃったけど……緊張するわね……）

なるべく表情を崩さないようにしつつも、たくさんの視線を受けアメリアは生きた心地がしなかった。

「おい、あれって……」

「ハグル伯爵家のエリン様と……醜穢《しゅうわい》令嬢？」

「確か、あの二人は姉妹だったような……」

観客席はこれから始める勝負の期待によって大盛り上がり……というよりも、アメリアの参加を訝《いぶか》しむ声が多かった。

そんな中、明らかに温度の違う声を上げながら近づいてくる男が一人。

「すまないっ、ちょっと通してくれ……!!」

人だかりを掻《か》き分けて、ローガンが観客席の一番前までやってきた。

ローガンは額に汗を浮かべて明らかに動揺している様子だった。

リオから事情を聞いて、大慌てでやってきたのだろう。

そんなローガンと目が合った。

訝しげに細められた双眸《そうぼう》は（なぜこんなことを？）と尋ねていた。

アメリアは（勝手なことをしてごめんなさい）の意味を込めて頭を下げた後。

（私の意思なので、心配しないでください）

と、安心させるように微笑《ほほえ》んだ。

そんなアメリアの内心を汲《く》み取ったのか、ローガンは表情から焦りを取り除く。

それから、真剣な面持ちで口を動かした。

（頑張れ）

声は聞こえなかったが、口の動きはそう語っていた。

それは、ローガンがアメリアの意思を尊重した証拠だった。

ローガンからの無言のエールに対し、アメリアは微《かす》かに口元を綻ばせてから。

（はい）

ぎゅっと、拳を握るのだった。

◇◇◇

（ふふっ……まんまと話に乗ってきたわね）

司会のルール説明を聞きながら、エリンは内心でほくそ笑んだ。

茶葉の読み解きこそ、アメリアに赤っ恥を掻かせるチャンスだとエリンは踏んでいた。

（確かに、お姉様は植物とよく戯れていたけど……）

記憶の限り、アメリアはお茶会や夜会に参加していない。

実家でも紅茶を飲める機会が皆無だったことをエリンはよく知っている。

つまり、アメリアは紅茶の知識を持っていない。

しかも、エドモンド家が主催する茶葉の読み解きは非常に難問だ。

その難易度は紅茶好きの令嬢の間でたびたび話題に上がるほど。

エリンも去年、エドモンド家のお茶会に参加し茶葉の読み解きを観戦していたが、全問正解できた者はいなかった。

そんな問題に対し、紅茶への造詣が足首にも及ばない浅さのアメリアが太刀打ちできるわけがないのだ。対するエリンは数多くのお茶会に出席し、仲間の令嬢たちと会話をする中で人並み程度には紅茶の味を知っている。少しマイナーな紅茶を出されても解答できる自信はあった。

とはいえ、専門家ほど紅茶に詳しいわけではないし、今回挑むのは難問と名高いエドモンド家の読み解きだ。

……だからこそ、エリンは裏工作を打っていた。

アメリアに勝負の話を持っていく前に、問題を出題するエドモンド家の使用人を賄賂で買収し、二問目までなんの紅茶が出されるかの情報を仕入れていたのだ。

いくらアメリアが紅茶の知識がないとはいえ、一問目はまぐれで当たるかもしれない。だから念を入れて、二問目までの解答をエリンは購入した。

(それにしてもあの侍女、小心者の癖になかなか折れなかったわね)

忌々しそうにエリンは舌打ちする。

買収した侍女は当初、エリンに解答を教えることを断固拒否していた。

やはり公爵家の侍女ということで優秀なのだろう。とはいえやはり人の子。

欲望には抗《あらが》えず、庶民だと一年は遊んで暮らせる額の賄賂で侍女は解答を教えてくれた。

(できれば余計な出費は抑えたいのに……)

想定の何倍もの賄賂を払うことになったが、アメリアに勝利するための必要経費と思えば目を瞑《つぶ》るしかない。

本当は三問目まで解答を知りたかったが、最終問題はこのお茶会の主催者の妻ミレーユ直々に出すためそれは叶《かな》わなかった。

しかしエリンはアメリアに勝つことが目的だ。

運が良くてもアメリアは二問目で外すに違いないから、最終問題の答えには興味がない。

……という経緯があって、エリンは自分の勝利を信じて疑わなかった。

大人数の聴衆の前で敗北させて、大恥を掻かせる。

元々評判の悪いアメリアに向けられる目は冷ややかなものに違いない。

(それに比べて、私の評判は上昇間違いなしね)

流石《さすが》はエリン様だと、ハグル家の令嬢といえばエリンだよなと、自分を称賛する声が頭の中に響き渡っている。

対してアメリアは俯《うつむ》き、悔しげに顔を歪《ゆが》ませながら涙を溢《こぼ》し、ぷるぷると震えるのだ。

嗚呼《ああ》、今想像してもなんと気持ちの良い光景だろうか。

(ふふ、お馬鹿なお姉様……)

どうせ、安易な挑発に感情的になって勝負を受けてしまったのだろう。

今頃、内心で焦っているに違いないとエリンは確信していた。

(妙に落ち着いているのは気に食わないけど……)

そこだけは引っかかりを覚えていたが、杞憂《きゆう》に過ぎないだろう。

これから起こるであろう公開処刑を想像して、エリンはニヤニヤを抑え込むのに必死だった。

「さあ、いよいよ第一問目です！」

司会の声に合わせて、使用人が二人の目の前に紅茶を置く。

ほのかに甘く芳醇《ほうじゅん》な香りが漂ってきてエリンの頭の中にある紅茶の名前が浮かんだ。流石エドモンド家の読み解きとあってあまり耳にしない銘柄だが、エリンの記憶の片隅にあった。

そしてその名前は買収した侍女に教えて貰った茶葉と同じで、エリンはそっとほくそ笑む。

「あ、これは……」

隣でアメリアが漏らす声は、エリンには聞こえていなかった。

「それでは、お飲みください！」

司会の指示で、エリンはカップに口をつける。

細やかな渋みが舌を刺激し、その後に微かなバニラめいた甘い味わいが広がる。

まるで秋の収穫を思わせるような、豊かで温かみのある味だった。

（ふふ、余裕余裕……）

事前に解答を知っていることもあり、エリンの心は軽やかだ。

怪しまれない程度に飲んでから、事前に渡された大きな紙に解答を記載しようとすると。

「おっとアメリア嬢、紅茶に口をつけずにもう解答を書き始めた！　香りだけでわかったというのでしょうか!?」

（……!?）

司会の言葉に、思わずエリンは横を見る。

アメリアのカップは全く量が減っていなかった。

にも拘《かか》わらず、アメリアはさらさらと迷いない手つきで解答を書いている。

解答を書いた紙を伏せた後、念のためとばかりに紅茶を口にするアメリア。

アメリアはどこかホッとした後、結局解答を変えることはなかった。

（くっ……馬鹿にしているの……!?）

ガリガリと、エリンは乱暴な手つきで解答を紙に書いた。

「それでは、解答をどうぞ！」

アメリアとエリンは同時に、解答の紙を表に向ける。

「アメリア様、オータム・エクリプス……エリン様、オータム・エクリプス……両者とも正解です！」

おおっと、会場からどよめきが起こった。

ぱちぱちと、何人かは賞賛の拍手を送っている。

しかしその中で上がるとある声を、エリンは聞き逃さなかった。

「すげえ……アメリア嬢の方、香りだけで当ててたぞ……」

「オータム・エクリプスって、結構マイナーな紅茶よね？」

「俺も名前だけ聞いたことあるくらいだな」

「アメリア嬢、紅茶にお詳しいのかしら？」

アメリアの方に好意的な視線が注がれている。自分ではなく、アメリアの方に。

その事実が、エリンのプライドを少なからず傷つけた。

（くっ……まぐれよ……まぐれに違いないわ！）

そう自分に言い聞かせるも、エリンの首筋には汗が滲《にじ》んでいる。

まぐれとはいえ、アメリアが一問目を見事正解させたことに、エリンは少なからず動揺していた。

そんなエリンをよそに司会が解説をする。

「オータム・エクリプスは、風味が「ミストバニラ」と非常に似ていることで有名です！　実際、この二つの紅茶を区別するのは茶葉の知識が深くないと難しいところがあるでしょう。今回の問題は、その点を試す引っ掛けの意図があったわけですが、二人とも、見事正解しました！」

司会の解説に、会場の盛り上がりはさらに大きくなった。

「お見事ですエリン様ー！」

「次も頑張ってくださいましー！」

観客席からイザベルたち取り巻きが声を張って応援してくる。

「え、ええっ……当然よ！」

フンッと胸を張るエリンの傍ら、アメリアは「良かった……」と安堵《あんど》の息をついていた。

なんとも対照的な姉妹であった。

「では、第二問目です！」

司会の声が響き渡る中、侍女が二人の前に新しい紅茶を置く。

今度の香りは先ほどとは全く異なっていた。

微かなスパイスの香りが混じり合った、エリンにとっては初めて嗅ぐものだった。
「これは……」
隣でアメリアは顎に手を当てて深く考え込んでいる。
しかしやがて「多分これかな……」と、また飲むことなく解答を書き始めた。
「おっとアメリア嬢、また紅茶に口をつけずに解答を書き始めた！」
会場がざわつく。一方、エリンの反応は冷ややかなものだった。
（ふん、白々しい。わからないからって、自暴自棄になったわね）
一問目の正解に満足して、戦いを放棄したのだろうとエリンは判断した。
二問目は一問目よりも明らかに難易度が跳ね上がっている。
アメリアが答えられるわけがないと、エリンは自身の勝利を確信していた。
「さあ、お飲みください！」
司会の掛け声でカップを手に取り、エリンはゆっくりと紅茶を飲む。
舌の上で広がるのは、スパイスとハーブの複雑な味わい。
やはり、エリンが飲んだことのない紅茶だった。
しかしこの紅茶の名前も、エリンは侍女から聞いている。
その安心感が、エリンに余裕をもたらしていた。
（危なかったわ……）
紙に解答を書きながら、エリンは安堵する。

まだ結果が出ていないにも拘わらず、エリンは一足先に勝利の余韻に浸っていた。

――だから、気づかなかった。

念のため紅茶を飲んだアメリアが「やっぱり……」と呟《つぶや》き、結局解答を変えなかったことに。

「それでは、解答をどうぞ」

「私の勝ちよ、お姉様！」

意気揚々と言いながら解答用紙を表に向けるエリン。

同時にアメリアは控えめな様子で紙を表に向けて……。

「アメリア嬢、ミッドナイト・サファイア……エリン嬢、ミッドナイト・サファイア……お見事！

両者とも正解です！」

おおおっと、一問目よりも大きな歓声が沸き起こった。

（そんな……嘘《うそ》……!!　あり得ない……!!）

紅茶に関しては素人のはずのアメリアが、二問目も当ててしまった。

そんなはずがない、あって良いはずがないと、エリンは必死に現実を否定しようとした。

アメリアが実力で二問とも正解を勝ち取ったなどと、認めるわけにはいかなかった。

しかし、耳に入ってくる歓声が確かな現実であることを如実に示してくる。

「ミッドナイト・サファイアは、深夜に収穫されることで知られる極めて希少《きしょう》な茶葉です！」

追い討ちのように、司会が無上の喜びを込めて解説を並べる。

「一年に一度、特定の満月の夜にのみ収穫され、その独特な香りと味わいは紅茶愛好家の間でも伝説的な存在……市場にほとんど出回ることがなく、手に入れるためには幸運あるいは強い縁が必要とされます。二人とも、素晴らしいです！」

司会の解説に、観客は更なる熱気に包まれた。

「すげえ！　二人とも、なんて知識の深さなんだ！」

「ミッドナイト・サファイアなんて初めて聞いたわ！」

「アメリア嬢の方はまた香りだけで当ててたぞ!?」

「一体何が起こっているの!?」

口々に賞賛の言葉が贈られる中。

「エリン様ー！　流石ですー！」

「このまま三問目も当てちゃってくださいー！」

並の令嬢だと答えられるはずのない問題に正解したことで、取り巻きたちも熱い声援をエリンに送っている。

「あ……あはは……当然よ……」

言葉を返すエリンの笑顔は糸で操られているように引き攣《つ》っている。

背中からはダラダラと汗が流れ出ていた。

勝利の余韻は吹き飛んでしまい、代わりに到来するのは身を引き裂くような悔しさ。

アメリアが二問目を正解したことにより計画が見事に破綻してしまった。

せっかく大枚を叩《はた》いて侍女を買収したのに台無しである。

(こんなはずじゃ……!!)

頭を掻きむしりたくなるのをエリンは必死で堪《こら》えた。勝利の美酒に酔いしれる未来が閉ざされ、悔しさで心が引き裂かれるように痛みが走る。

「さあ、いよいよ最終問題です！　本日初の全問正解なるか、大注目です！」

司会の声に、エリンの肩がびくりと震える。

エドモンド家の茶葉の読み解きで最終問題に差し掛かるのは珍しいのか、気がつくと参加者のほぼ全員が観客席に集まっていた。

つーっと、エリンの背筋に冷たいものが走る。

最終問題の答えをエリンは知らない。出されるのは生粋の紅茶愛好家で知られるエドモンド家当主の妻、ミレーユが直々に淹《い》れた一品。

紅茶にそこそこ詳しい程度のエリンが答えられるわけがなかった。

(この私がお姉様と引き分けなんて……あり得ない！　あり得ないわ！)

散々アメリアを見下してきた過去と、今この瞬間の結果を比較して、悔恨の情が燃え上がるように胸を焦がす。もはやプライドはズタズタで、その場で何かを粉砕したくなった。

思わず扇子をへし折って、本日三本目の犠牲を出しそうになる。

彼女にとって引き分けの未来はただの敗北ではなく、許しがたい屈辱そのものだった。

そんな受け入れ難い現実に心の中で暴れ回るエリンは、一つの可能性に考えが及ばなかった。

――アメリアが、最終問題すら正解してしまうという可能性に。

◇◇◇

（なんとか、最終問題まで来たわね……）

無事二問を正解し、アメリアは椅子から崩れ落ちそうな安堵に見舞われていた。

紅茶に使用されている茶葉も、言うなれば植物だ。

世界の植物のほとんどを知識として網羅しているアメリアにとって、紅茶の銘柄を当てることなど造作もなかった。

もちろん、実際に飲んできた紅茶の数は並の令嬢にもとても及ばない。

しかし香りや味を知識と結び合わせれば、どの茶葉を使っているのが絞り出すことができる。

特にエドモンド家の読み解きに出題される紅茶は独特な品種のようなので、特定にはさほど労を要さなかった。むしろ同じような香り、味が多いプレーンな銘柄が出題された方が、アメリアにとっては難しかったかもしれない。

この読み解きで二問正解することは非常に珍しいらしく、観客は大盛り上がりだった。

たくさんの視線が突き刺さり、心臓がバクバクと緊張の鼓動を奏でているが、アメリアは努めて平静を装っていた。今はまだ、多くの観客に見られている。

ローガンの婚約者として、はしたない姿を多くの貴族に見せるわけにはいかない。

コリンヌに教わった言葉を頭の中に響かせながら、淑女として落ち着いた仕草を心がけていた。

（それにしても、流石エリンね……）

一問目も二問目も一筋縄ではいかない問題だったが、エリンはなんなくクリアした。

今まで散々自分を虐げてきた相手とはいえ、その点は素直に称賛の念を抱いていた。

ちらりと横を見ると――エリンが鬼のような形相をしていた。

まるで炎を纏《まと》っているかのように、メラメラと熱い感情を燃やしている。

（流石エリン、やる気満々ね……）

手を近づけると火傷《やけど》しそうだ。

エリンが並々ならぬ闘志を燃やしていると勘違いしたアメリアは、（私も頑張らないと……）と自分を鼓舞した。

――まさかエリンが裏で不正を行っていて、計画が失敗したことに対しての怒りの炎だなんて、考えてもいないアメリアであった。

（負けたくない……勝ちたい……!!）

せめて二人とも最終問題を正解して、引き分けに持っていきたい。

エリンにだけは負けたくないと、アメリアも心を燃やしている。

それは、アメリアが生まれて持つ感情であった。

しかし、一方で不安もある。

自分なんかがエリンに勝てるのだろうか。

自分の知らない銘柄が出てきて負けたらどうしよう。

そんなネガティブなイメージが湧いてきて、今すぐこの場から逃げ出したくなる。

そういった不安もあるが、もうここまで来るとやるしかなかった。

「よし……」

小さく呟き、首にかかるクラウン・ブラッドのペンダントを握り締める。

すると少しだけ、心に余裕が生まれた気がした。

「さあ、いよいよ最終問題です！　本日初の全問正解なるか、大注目です！」

司会が一際大きな声で言って、会場のざわめきが収まる。

これから繰り広げられる最終決戦を、皆固唾を呑《の》んで見守っているようだった。

「最終問題は、ミレーユ様直々に淹れていただいた紅茶の銘柄を当てていただきます」

司会が言うと、ミレーユがトレイに紅茶のカップを二つ載せて登場した。

ミレーユは拍手で迎えられ、お調子者の貴族がぴゅいっと口笛を吹く。

そんな観客たちに微笑みで返した後、ミレーユはテーブルに歩み寄った。

エリンの前に紅茶のカップを置いた後、アメリアのそばにやってきたミレーユが紅茶のカップを置いてそっと耳打ちした。

「貴方《あなた》なら、辿《たど》り着けると思っていたわ」

期待通りと言わんばかりのミレーユの言葉に、アメリアは控えめに頭を下げて。

「これまでの紅茶、どれも本当に美味《おい》しかったです。ありがとうございます」

アメリアの言葉に、ミレーユは嬉《うれ》しげに微笑んでから後ろに下がった。

すると、ふんわりと芳醇な香りが漂ってきて、アメリアは僅かに眉をひそめた。

(あれ……この香り……)

「さあ、お飲みください！」

司会の掛け声で、戦いの火蓋が切られる。

アメリアはまず、紅茶の香りを慎重に嗅ぎ始めた。

鼻腔《びこう》をくすぐるその香りは、一言では表せない複雑さを持っていた。

最初に感じたのは、深い森の中を歩いているかのような、樹木から漂う爽やかでありながらも深みのある香り。

それに続くのは、遠くの花畑から吹き寄せる甘く優しい花のような香り。さらにその奥には、新鮮な果実を思わせる、微かに酸味を帯びた香りが混ざっているように感じた。

(この香りは……初めてかも……でも、どこかで嗅いだこともあるような……)

頭の中で「これだ！」というものが浮かばず、アメリアの心臓が小鳥のように跳ねた。

それでもアメリアは冷静さを保ち、注意深く香りを分析する。

しかし一向に、この香りに該当する茶葉の名が出てこない。

焦りが生じ、じんわりと額に汗が滲む。

(香りだけじゃ、判断できない……)

カップに口をつけ、アメリアは紅茶を舌の上で探った。一口目に感じたのは、豊かな土壌で育った茶葉の深みと、森の樹木が持つような爽やかな余韻。

直後、繊細な花の如《ごと》く優雅な甘さが口の中に広がる。

次いで、朝露を帯びたばかりの新鮮な果実っぽい風味が訪れた。

さらに、それぞれの層から微かに感じられるスパイスのような刺激が、味わいに独特の深みを加えている。

まるで多層的な風味の絨毯《じゅうたん》を歩いているかのような、『美味しい』に加えて『面白い』という感想を抱くような味だった。

(待って、これって……)

ある一つの可能性に辿り着き、この問題を出したミレーユの思考を辿る。

最終問題ともなれば、その難易度は相当なものに設定されているはずだ。

ただの希少な紅茶が正解だと面白くない。

(ということは……)

ここで、アメリアはハッとした。

つい先ほど、ミレーユと初めて言葉を交わした時の記憶が蘇《よみがえ》る。

——ミレーユさんのお気に入りも、ぜひお伺いしたいです。

——そうね……基本なんでも好きだけど、最近は新しい味を求めてブレンドに凝っているわ。

——ブレンドですか?

——そうそう。個人的に微妙だと思った茶葉でも、組み合わせ次第ではとっても美味しくなったりして、とっても面白いの。

（いくつかの茶葉の組み合わせ……？）

確かにこの紅茶は、香りも、味も、単一の茶葉では決して生み出すことのできない、複雑なものになっていた。アメリアは確信する。

ミレーユはおそらく、知識と舌の両方に最上級の挑戦を投げかけたのだろう。

なんの茶葉の組み合わせか、当ててごらんなさいと。

茶葉に関する幅広い知識と洞察力に加え、高い舌の感度もないと解けない問題だった。

そんな超難問を前にして、アメリアは苦境に立たされていた。

（多分、オーロラブルームとエメダウンはブレンドされてる……）

ブレンドされている茶葉の中で、彼女が特定できたのは二つ。しかし、ミレーユがブレンドした紅茶の香りと味わいは、明らかにそれだけではないと理性が訴えている。

残りのもう一つの茶葉が何なのか、アメリアには特定できずにいた。

ヘルンベルク家に来てからのティータイムや、コリンヌ先生と共に学んだ紅茶は数多くあれど、その大部分はオーソドックスなものだった。アメリアの知識は豊富とは言え、実際に飲んだ紅茶の数は、他の令嬢たちと比較して圧倒的に少ない。

複雑にブレンドされた微妙な味わいの違いを区別するには、舌の経験が足りなかった。

「先に手が動いたのはエリン嬢！　迷いのない手で解答を記入しています！」

司会の声で思わず横を見ると、エリンが紙に解答を書き始めていた。

その表情はどこか清々《すがすが》しく、戦いを終えたような雰囲気が伝わってくる。

アメリアにはそれが、エリンが勝ちを確信した答えを記入したように見えた。

それがより一層、アメリアの焦りに拍車をかける。

もう一度カップに口をつけて、目を閉じ集中する。

舌先から脳に伝えられる味覚情報から、今特定できている二つの茶葉の味をそぎ落とし、残った味を知識と照らし合わせた。

（……最後の一つは多分、ラスピーと、フロスブリズのどっちか……でもだめ……どうしても絞り込めない……）

あまりにも風味も味も似ている二つの茶葉。

どちらかが最後の茶葉というところまでは導き出せたものの、ここがアメリアの限界であった。

なんとなくこっちなんじゃないかという微妙な直感はあるものの、確証はない。

もはや博打《ばくち》に近い状態だった。

「おっとアメリア嬢の方は微動だにしない！　最終問題は流石に厳しいか……!?」

ざわざわと、観客が言葉を口にし始める。

「やっぱ最終問題は答えられないか」

「期待してたんだけどねー」

アメリアに対する評価を下方修正する声が聞こえてきて、胸がずきんと痛む。

（どうしよう……どうしよう、どうしよう……）

手が震え、心臓の音が耳をつんざくほどに聞こえる。
汗が額に滲み、ペンを手にすることすら強い躊躇《ためら》いが生じる。
コリンヌの声は、もはや頭の中から霧散していた。
変わりに渦巻くのは自己否定の言葉。
無理だった。調子に乗った。止《や》めておいた方がよかったのに。
どうして勝負を受けてしまったのかと、自分を責める声が渦巻いていた。
「制限時間は残り三十秒！　アメリア嬢は解答できるでしょうか!?」
俯き、肩を震わせるアメリアに、司会すらも声に動揺を浮かべている。
目の奥が熱くなって、涙が溢《あふ》れそうになるのを堰《せ》き止めるのにアメリアは必死だった。
膝の上で握る手に力を込め、悔しさと情けなさでいっぱいになる。
混沌《こんとん》と化した胸の中で、アメリアは吐き出すように言う。
（ごめんなさい、ローガン様……やっぱり、私なんかじゃ無理……）
「アメリア!!」
ぐちゃぐちゃになった思考を、力強い声が引き裂く。
観客席の方に視線を向けると、ローガンと目が合った。
「間違えてもいい!!」
他の観客から訝しげな視線を投げかけられても構わず、ローガンは叫んだ。

「自分を信じろ!!」

力強い声が、会場に響き渡る。

その声は、怯《おび》え、萎縮していたアメリアの心に大きな勇気をもたらした。

「自分を、信じろ……」

反芻《はんすう》すると、奥底に眠っていた炎が呼び起こされる。

言葉とは不思議なもので、ただ口にするだけでその通りの感情を身体《からだ》にもたらしてくれる。

深く、アメリアは息を吸い込んだ。

揺らいでいた視界が一瞬でクリアになり、今までの迷いが嘘のように消えていく。

ぎゅっと、胸元にかかっているクラウン・ブラッドのペンダントを握り締めた。

覚悟を、決めた。

アメリアはペンを手に取り、解答用紙に答えを記入し始める。

指先はまだ少し震えているが、心はもう迷っていない。

人から注目を集めるのが嫌いなはずのローガンが、大人数の前で声を張って自分に勇気をくれた。

その行動に報いなければならない。

そんな思いがアメリアを突き動かしていた。

用紙にペンを走らせながら、アメリアは考える。

(正解することも大事だけど……)

ローガンの言葉を、アメリアはこう解釈した。

(自分の信じた道に足を踏み出すことが、大事……)

その解釈は、アメリアの心に確かな納得感を伴ってすとんと落ちた。

解答用紙に最後の一文字を記入し終えると、アメリアはゆっくりと息を吐き出す。

心は不安でいっぱいだが、どこか清々しげな満足感で満たされていた。

「時間終了です！」

司会の声が響き渡ると同時に、アメリアは解答用紙を閉じた。

己の全てを出し切った感覚。正直、博打なのは最後まで変わらなかった。

正解率は五分五分といったところだろう。

(でも、これで間違えても……後悔はない、かな)

自分の実力不足だったと受け入れられるくらいには、全力で頑張ったから。

そんな実感が、アメリアにはあった。

「それでは、解答をお願いします！」

二人同時に解答用紙を表にする。

アメリアは堂々と、しかしエリンの方はどこか躊躇っているように見えた。

「エリン嬢……セレチャルティー！　アメリア嬢は……」

アメリアの解答を見て、司会が目を瞬かせる。

「ええっと……オーロラブルーム、エメダウン、ラスピー……!!」

司会が口にした解答に、観客からどよめきが上がる。

複数の組み合わせの解答は予想外だったのだろう。

「判定は……」

司会がミレーユに判断を仰ぐ。会場中の注目がミレーユに集まった。

ミレーユは一切同じた様子はなく、穏やかな笑みを浮かべている。

しんっ……。

会場が世界から隔絶されたように静まり返って……。

「アメリアさんの正解です」

瞬間、会場全体が大歓声に呑み込まれた。

貴族のお茶会とは思えないほど、会場の空気が盛り上がりを見せた。

「すげえ！」

「信じられない！」

「エドモンド家の読み解きで全問正解なんて初めて見たわ！」

アメリアの耳に届く歓声は、喜びよりも安堵をもたらした。

胃袋が裏返りそうなほどの緊張が、この瞬間にすべて報われる感覚だった。

「この問題は、最終問題にふさわしく、最高難易度のものです」

ミレーユが前に出てきて解説を始める。

「使用されている茶葉は、オーロラブルーム、エメダウン、ラスピーの三つ。全て市場にほとんど出回らない、非常に希少なもの。それぞれ独特の風味を持っていますが、三：二：一の比率でブレンドすることで、全く新しい紅茶の体験を生み出します」

解説に、観客たちは深く聞き入っている。

「各茶葉は単体でも素晴らしい香りと味わいを持ちますが、この三つをふさわしい比率で合わせることで、バランスの良い味に仕上げることができます。アメリアさんがこの複雑なブレンドを見抜けたことは、非常に素晴らしいことです。まさに、優勝者にふさわしい快挙を見せてくれました」

ミレーユの解説が加わると、歓声は再び熱を帯びた。

解答を聞いて、誰もが思ったはずだ。

この問題に正解するのは凄《すご》い、と。

（そりゃあ……難しいはずよね……）

茶葉の知識には自信があったが、知識だけでは太刀打ちできない要素があることを身を以《もっ》て実感した。改めて、紅茶は奥の深い世界だと思うアメリアであった。

ふと、観客席のローガンと目が合う。

彼の顔には、満足げな微笑みが浮かび、アメリアへの深い愛情と尊敬の念が滲み出ていた。

まるで成長した我が子を見守る父のような、温かくも誇らしい眼差《まなざ》しだった。

（よくやったな）

ローガンの瞳から、そんな言葉が聞こえてくるようだった。

控えめなガッツポーズを、アメリアは掲げる。

そしてローガンと同じように、自分の胸の内を目で伝えた。

(ローガン様の、おかげですよ)

アメリアは息を吐き出し、今度こそ力が抜けて椅子に深くもたれかかり……。

バンッ！

突如として、弾《はじ》くような鈍い音が耳を劈《つんざ》いた。

びくりとアメリアの肩が飛び上がる。

歓声がピタリと止まり、静寂が会場を覆った。

何事かと横を見ると、エリンが立ち上がり、わなわなと身体を震わせていた。

「エ、エリン……？」

「インチキよ!!」

乱暴に椅子を蹴飛ばし、ツカツカとアメリアに向かって歩み寄る。

アメリアを見下ろすように、エリンが立ちはだかった。

その瞳は剣のように鋭くアメリアを射貫《いぬ》く。

「あり得ないわ！　何かの間違いよ！　お姉様が不正をしたに違いないわ！」

怒りの感情のままに、エリンは息荒く叫ぶ。

その怒号は、会場に満ちていた祝福のムードを一瞬にして吹き飛ばすほどの力があった。

突然のエリンの激昂《げきこう》に、会場の人々は顔を見合わせている。

――そんな中、ローガンだけは状況を冷静に見ておりすぐさま行動を起こした。

何やら合点のいった顔をし、リオに何かを告げる。

リオは頷《うなず》き、席を後にした。

「エリン、落ち着いてっ……皆《みんな》が見ているわ」

アメリアが言うも、エリンに聞こえている気配はない。

エドモンド公爵家が開いたせっかくのイベントで、悔しさから聴衆の眼前で怒号を響かせるなど醜態もいいところだ。それに相手は姉とはいえローガン公爵の婚約者。

その判断もつかないくらい、エリンは正気を失っているようだった。

「私が勝つはずだったのに！　どうしてお姉様が勝つのよ！　絶対に不正よ！　不正！」

バン！　バン！

テーブルを叩《たた》く音が何度も響き渡る。

カップが揺れて中から紅茶が溢れ落ちた。

あまりの剣幕に気圧《けお》されるアメリア。

しかし、ここで沈黙してしまうとエリンの主張が通りかねない。

エリンは昔から、癇癪《かんしゃく》を起こし、駄々をこねて周りを従わせていた。

それを、アメリアはよく知っていた。

「わ、私は不正なんて……」

「してないって言うの!?」

エリンの甲高い声が、アメリアの記憶を呼び起こす。

実家にいた頃、何度も何度も罵倒となって浴びせられ、従わされた声。

頭が真っ白になり、次の語を告げられなくなった。

そんなアメリアの反応を見て、形勢が有利になったと判断したのか。

はんっとエリンは鼻を鳴らし、目一杯の侮蔑を込めて言い放った。

「実力？　そんなわけないじゃない！　お姉様は社交会に全く顔を出してないし、家でも紅茶を飲むことはなかった！　紅茶の知識なんて全くないはずなのに、どうやって正解できると言うのよ!?」

エリンの主張に、観客たちはどよめき始める。

「なあ、エリン嬢の言うことは本当なのか？」

「さあ……？　でも、アメリア嬢が社交会に顔を出してないのは本当だと思う」

アメリアへの疑念の声が囁《ささや》かれる中。

エリンの言葉に、アメリアはカチンと来ていた。

（紅茶の知識なんて、全くない……？）

思わずアメリアは立ち上がった。

毎日毎日勉強に勉強を重ねて、何年もかけて身につけてきた植物の知識。

その中にしっかりと、茶葉の知識もあった。

それを全くないと、積み重ねてきた日々を否定されることは我慢ができなかった。

「な、何よ……」

急に反抗的な目を向けてきたアメリアに、エリンが狼狽《ろうばい》を見せる。

「私が正解できた理由、それは……」

エリンの目を真っ直《ますす》ぐ見据えて、はっきりとアメリアは告げた。

「たくさん、勉強したからよ」

エリンの青筋がぶちんと音を立てた。

「黙りなさい!!」

もう我慢ならないとばかりに、エリンが手を振り上げて――。

「今、何をしようとした？」

「ローガン様……!?」

ローガンがいつの間にか、アメリアを守るように前に躍り出て、エリンの手首を摑《つか》んでいた。

冷たい瞳に確かな炎を燃やし、ローガンはエリンを睨《にら》みつける。

「離し……離してください！　私は、そのインチキ女に制裁を与えないといけないのです！」

「色々と突っ込みたいところがあるが、とりあえず一言だけ」

ちらりと、ローガンが観客席の方を見て一度頷いたかと思うと、エリンに向き直って言い放った。

「制裁を与えないといけないのはどっちだ、このインチキ女」

決して怒鳴っているわけでもないが、ローガンの声は確かな芯を持って会場に響いた。

ローガンの言葉を聞いて、エリンの喉が「ひっ……」と変な音を発する。

しかしすぐに、エリンは表情を戻してローガンに食ってかかった。

「わ、私が不正をしたと仰《おっしゃ》いますの？」

「心当たりはないのか？」

「言いがかりは止めてください！　ハグル家の名誉に誓って、私は不正などしていません！」

「そうか、じゃあ……」

スッと、ローガンが観客席の方を指差す。

「あの使用人にも見覚えがない、ということだな？」

ローガンの人差し指の先には——リオに拘束された、一人の侍女がいた。

侍女は顔面蒼白《そうはく》で俯き、ガタガタと震えている。

そんな侍女を見て、エリンの表情に明らかな動揺が滲んだ。

リオが事務的に侍女を連れてきて言う。

「ローガン様の言う通り、出てきましたよ。エリン嬢から話は聞いているとブラフを出したら一発でした」

侍女は合わせる顔がないとばかりにミレーユの方を向き、「申し訳ございません……!!」と謝罪の言葉を口にして言う。

「最初、お金を渡されて、解答を教えろと言われて……断ったのですが、教えないと家族がどうなっても知らないと脅されて……本当に本当に、申し訳ございません……!!」

侍女の告発を聞いて、ミレーユは頭を押さえ倒れそうになっていた。

由緒あるエドモンド家のお茶会にて、運営側が出場者に買収されていたなどと大恥も良いところである。

「買収は予想していたが、家族まで持ち出して脅すとは。不正を超えて犯罪だぞ」

ローガンは呆《あき》れたようにため息をつく。

どうしてバレたのかと表情を歪ませるエリンにローガンは言う。

「お前の思考を辿れば想像に容易《たやす》い。アメリアと勝負する以上、必ずお前は勝ちたいと思うはず。そうなると、取る手段は解答を知る者の買収……」

淡々とローガンは続ける。

「アメリアが勝利した時点での怒りようを見て確信した。だから従者のリオに運営側にアプローチして貰い、買収された人物を炙《あぶ》り出した、というわけだ」

「流石の推理です」

恭しく、リオが頭を下げた。

「わ、私が紅茶に詳しい可能性もあるじゃないですかっ」

この流れはまずいとエリンは言い返す。

しかし、ローガンはあくまでも冷静であった。

「お前と仲の良い令嬢に話を聞いた。だが、エリン嬢が紅茶に詳しいと言う者は一人もいなかったぞ」

ギンッと、エリンは観客席の方を見る。

イザベルを始めとした取り巻きの令嬢たちが目を逸《そ》らした。

万が一の事態に備え、エリンと関係が深い令嬢をローガンは把握していた。

それを元に、事前に来るであろう反論を想定して聞いたのだろう。

（す、ごい……）

一切の反論の隙を与えないローガンの背中を、アメリアは尊敬の眼差しで見つめている。

メリサの時もそうだったが、理屈勝負になった時のローガンは強い。

改めて、ローガンの聡明《そうめい》さに感嘆するアメリアであった。

「どうだ？　これでもまだ認めないと言うのか？」

逃げ場はないぞとばかりにローガンが迫る。

「知らない知らない知らない‼　インチキなんて私はしてない！　誰か私を嵌《は》めようとしているの！　絶対にそうに違いないんだから‼」

まるで私が被害者とばかりに、エリンは大声で主張した。

「諦めの悪いやつだ……」

怒りを通り越して呆れ果てた様子のローガンが次の一手を打とうとした時。

「それでは、提案なのですけど」

今まで静観していたミレーユが、一歩踏み出して言った。

「真偽をはっきりさせるためにも、エリンさんには再度簡単な茶葉の読み解きをやって貰うのはどうでしょう？」

「ほう」

興味深いとばかりにローガンが頷く。

「今から十杯の紅茶を作ります。その中に、一問目に出した紅茶、オータム・エクリプスを入れておきます。その中から見事、どれがオータム・エクリプスか当てることができれば、不正の件はなかったことにしましょう」

「じゅ、十杯……!?」

エリンが仰天する。

「む、無理に決まってるじゃない……!! 十杯なんて……」

「なぜですか？」

今まで穏やかだったミレーユの声から温度が消える。

「世界に数多《あまた》ある紅茶の中から見事オータム・エクリプスと特定したその知識と舌があれば、十杯の紅茶の中から当てることなんて造作もないことでしょう？」

至極真っ当な正論をぶつけられて、エリンは言葉を呑む。

「本当に、オータム・エクリプスの味を知っていれば、ですが」

最後にミレーユは、そう付け加えた。

次の語を告げられず、口を開いたり閉じたりするエリンの目を見て、ミレーユは言う。

「エリンさんが何を言おうと、やっていただくつもりです。これは信用問題なんですよ。我がエドモンド家のお茶会を目一杯楽しんで貰おうと企画したイベントで、不正が行われたかもしれない。その真偽をはっきりさせなければいけません」

一連の様子から、ミレーユはエリンの不正を確信しているのだろう。

故に、ミレーユの声には確かな怒りが込められていた。

多くの観客がいる前で、不正が行われたかどうかの点は追及しなければならない。

読み解きを主宰した者としての義務感をミレーユは抱いていた。

そんな強い意志の籠った瞳を向けられたエリンの顔が、ついに逃げ場を失ったように歪む。

過呼吸にでもなったように、エリンの息が浅くなっていた。

「夫人が聞いているだろう。どうなんだ、エリン嬢？」

鋭い口調でローガンが問い詰める。

エリンは顔を伏せ、観念したとばかりに肩を震わせていたが……。

「……くない」

床を思い切り踏みつけて、エリンは叫んだ。

「私は!!　悪くない!!　悪くないんだから!!」

長い髪を振り乱し、エリンは叫ぶ。

その姿はまさしく、自分の思い通りにならないことに癇癪を起こす子供のようだった。

「不正を認める、ということですか？」

「ええそうよ！　したわ！　でもそれがなんだって言うの！」

開き直り全開の叫びに、これは大失態とばかりにミレーユは息をついた。

エリンが不正を認めたことによって、観客たちがざわつき始める。

「おいおい、マジかよ……」

「ハグル家の顔に泥を塗ったどころの騒ぎじゃないぞ」

「エリンちゃん、ちょっと良いかなって俺、思ってたんだけどな……」

「エリン様……流石の私も見損なってしまいましたわ……」

侮蔑を孕《はら》んだ冷たい視線がエリンに突き刺さる。

非難の言葉が溢れ、空気を震わせる。

その一言が耳に入ってくるたびに、エリンの自尊心は深く傷ついていった。

「何よ何よ何よ!! みんなして私を虐《いじ》めて!! 私はハグル伯爵家の娘よ！ こんなことして良いと思ってるの!?」

もはやすっかり理性を失い滅《め》茶《ちゃく》苦《く》茶《ちゃ》なことを叫ぶエリンが、キッとアメリアを睨みつける。

「元はと言えばお姉様が全部悪いのよ！ 出来損ないのくせに！ 私より下のくせに！ 醜穢令嬢のくせに！ 私より上だなんて、そんなのあり得な……」

「おい!!」

エリンのヒステリックな叫びを、ローガンの一喝が切り裂いた。

普段のローガンからは考えられないほどの大声。

そのあまりの剣幕に、エリンはビクッと肩を震わせ一歩後ずさる。

「言っただろう、俺の婚約者を侮辱するような真《ま》似《ね》は許さないと！」

怒りに染まった形相で、ローガンはエリンを睨みつける。

それでも負けじと、エリンは言い返そうとした。

しかし、鋭いナイフを首筋に突きつけられたかのようなローガンの睨みと、周りが自分に向けている視線に少しだけ冷静になったのか、開けていた口をついに閉ざしてしまう。

自分は伯爵家の娘でしかないのに、公爵家の当主の婚約者を侮蔑した。

加えて、エドモンド家主催のイベントで不正も働いている。

ヘルンベルク家、エドモンド家両方からの賠償金は免れない。

その上エリンは、多くの貴族たちがいる目の前で醜態を晒《さら》してしまっている。

この時点で、ハグル家の評判は地の底まで墜落した。

取り返しのつかないほどの大失態だという現実を、ようやく認識したのだ。ここで更なる反抗に打って出るのは悪手を重ねるだけだと、エリンに残った最後の理性が忠告する。

「気分が悪いわ！　もう帰る!!」

考えた末にエリンが導き出したのは、この場からの逃走。このままいたところでミレーユには退場を言い渡されるだろうから、ある種は合理的な判断といえよう。

「エリン・ハグル!!」

背を向け会場を後にしようとするエリンに、ローガンが叫ぶ。

「賠償金じゃ済まないと思え」

底冷えする声にエリンは肩を震わせたが、振り向くことなくズンズンと歩き始める。

私は悪くないと言わんばかりの態度であった。

「不愉快よ！　二度と来ないわ！」

腹いせとばかりに、エリンは会場の彩りで設置された植物、キーテムを殴りつけた。

「ああ！　キーテムちゃん！」

アメリアの叫びも虚《むな》しく、キーテムは鉢ごと倒れてしまう。後には未《いま》だ怒りが収まらない様子のローガンと、どうしたものかと疲弊した様子のミレーユ。

また予想外の結末にどよめく観客たちが残されたのだった。

◇◇◇

エリンが去った後、茶葉の読み解きはすぐさま中止となった。

多くの観客の前で運営が買収されていた事実が露呈した以上、イベントの続行は不可能だった。

今回買収された侍女の聞き取り調査に加え、他にも買収された使用人がいないかどうかの調査も行われるようだった。

観客たちもお開きになり、それぞれ再びティータイムに戻っていった。彼女たちには美味しい紅茶とお茶菓子と一緒に談笑する……といった当初の明るげな雰囲気はなかった。

会話の内容はもちろん、先ほどの読み解きについてだ。

アメリアが披露した見事な読み解きを賞賛する会話もちらほら上がっているが、一番の話題のネタはエリンの豹変《ひょうへん》だった。

ある者は笑い話として、ある者はハグル家の評価を見直すきっかけとして、またある者はエリン個人に対し見損なったと侮蔑として。

内容は様々だったが、少なくともエリンをよく言う者は誰一人としていなかった。今回の出来事は噂《うわさ》好きの貴族たちの間ではビッグニュースとして、明日《あした》には社交界に駆け巡るだろう。

「ローガン様、そしてアメリアさん」

会場の中で一番上等なテーブル席にて。ミレーユが深々と二人に頭を下げる。

「こちらの不手際によって不快な思いをさせてしまい、此度《こたび》は、大変、大変申し訳ございませんでした……」

ミレーユは悲痛な面持ちで、心底申し訳ないという気持ちが伝わってきた。

隣に座るエドモンド家当主、クリフも続けて頭を下げて言う。

「このような結果になってしまい、この会の主催としても多大な責任を感じている。本当に申し訳なかった」

二人の謝罪に対し、ローガンは毅然《きぜん》とした態度で対応する。

「確かに、今後使用人の教育は徹底した方がよさそうですね」

「返す言葉もない」

「だが今回、エドモンド家に落ち度があるとすればその一点だけです。最も悪いのはハグル家の次女、エリン嬢です。特に抗議や賠償金を請求するつもりはないので、ご心配なく」

「寛大なお言葉、恐れ入る」

もう一度、クリフは頭を下げた。すると、ミレーユはアメリアに目を向けて言う。

「本当にごめんなさいね、アメリアさん。せっかくの全問正解を出していただいたのに……」

「いえいえ……むしろ、私の妹が申し訳ございません……」

アメリアも深々と、二人に謝罪をした。

今回のエリンの暴走は、自分との個人的な確執によって起きたものだとアメリアは見ている。

(私が参加しなければ、こんなことには……)

後悔が胸を刺し、なんともやるせない気持ちになっていた。

そんなアメリアの胸襟を察したのか。

「アメリアが思い詰めることじゃない」

ぽんと、ローガンがアメリアの背中に手を添え、優しい声色で言う。

「繰り返しになるが、一番悪いのはエリン嬢だ。アメリアは何も悪くない。だから、気に病むな」

「お気遣い、ありがとうございます……」

微かに笑みを浮かべ、アメリアは目を伏せる。

そんな二人を、クリフとミレーユがどこか懐かしげな表情で眺めていた。

その時だった。

「ごほっ……ごほっ……」

突如としてミレーユが咳《せ》き込み始めた。

「失礼……ごほっごほっ……」

ミレーユの声は掠《かす》れていた。

そして苦しげな表情で胸を押さえながらテーブルに手をつく。

「おい、大丈夫か？」

クリフが心配そうに尋ねるが、ミレーユはただ激しく咳《せき》を続けるだけ。

とうとうミレーユは力を失ったかのように地面に倒れ込んだ。

「ミレーユ！」

「ミレーユさん……!?」

クリフとアメリアが声を上げるのは同時だった。

「ミレーユ！　どうした！　しっかりしろ！」

ミレーユを抱き上げ、クリフは必死に声をかける。

しかし、ミレーユは苦しげに咳き込みながら、言葉もろくに発せない。

このままでは呼吸困難になってしまいそうな状態だった。

「おいおいどうした？」

「ミレーユ様がお倒れに……？」

「なあ、まずくないか？」

近くでティータイムをしていた貴族たちも異変に気づき、ざわざわと響《どよ》めきが起こり始める。

「誰か医者を！　今すぐ医者を呼んでくれ！」

クリフの叫びで周囲の空気は一変した。

そばに控えていた侍女が慌てて屋敷の方へ走っていくのが見えた。

そんな中、アメリアはすぐさま動く。

「ちょ、ちょっと診せて貰っても良いですか!?」

アメリアはしゃがみ込みミレーユの容体を確認する。

激しい咳、苦しそうな呼吸、そして彼女の顔色の悪さ。

何か重度な疾患が喉に発生していることを示唆していた。

「何かわかるか?」

「とりあえず、ただの喉風邪じゃない、とだけ……」

覗《のぞ》き込むように尋ねるローガンに、アメリアは答えた。

(そういえば……)

ふと、アメリアは思い出す。

今日、ミレーユと初めて顔を合わせた時も、彼女は咳をしていた。

その時は軽い風邪か何かだと思っていたが、今となってはその咳が何かの前兆だったのではないかと考えられた。

(でも、こんな急に激しく咳き込むなんて……)

咳は、外気から入ってきた異物を排除しようとする反応だ。空気の中に漂う塵《ちり》や病原菌など、気管や肺へと侵入しようとする小さな異物を、咳によって体外へと押し出そうとする。

(空気の異物……)

アメリアの脳内で何かが閃《ひらめ》いた。

（もしかして……!!）

彼女の目がある一点に焦点を合わせる。視界に入ったのはキーテムだった。

先ほどエリンが倒してしまったもので、今は誰かが元の形に戻している。

そのキーテムを見て、アメリアの中で一つの可能性が閃いた。

アメリアは慌ててドレスの懐から小瓶や薬草などを取り出し始める。

「今日もドレスに収納していたのか？」

「何があるかわからないですからね……えっと……これね」

アメリアは一つの小瓶を手に取り、クリフに差し出した。

「これをミレーユさんに飲ませてください！」

「ちょ、ちょっと待ってくれ。君は医者なのか？」

クリフが困惑の表情を浮かべる。流れ的にアメリアが取り出したのは薬だろう。

それはわかるものの、クリフからするとアメリアはただの令嬢でしかない。

医療知識などないはずの令嬢が出してきた薬を、わかりましたと妻に飲ませるのは躊躇いが生じた。

「説明は後でします！　とにかく早く飲ませないと……!!」

「しかし……」

未だ逡巡《しゅんじゅん》するクリフの肩に、ローガンが手を置いて真剣な表情で言う。

「彼女を、信じてください」

ローガンの真面目な声を受け、クリフの心が揺らぐ。

それから、アメリアの真剣な眼差しを見て、クリフは躊躇いを捨てる決心をした。

「ミレーユ、少し動かすぞ」

未だ咳き込むミレーユの頭を持ち上げるクリフ。

咳が一瞬だけ収まったタイミングで口元に小瓶を傾け、中身を少しずつ注ぎ入れる。

じきに、ごくりとミレーユの喉が音を立てた。

「どうだ……？」

固唾を呑んでミレーユの様子を窺《うかが》う。

効果はすぐに表れた。息が途切れそうなほどの咳が、まるで魔法のように一瞬で静まる。

ほどなくして、ミレーユの呼吸が穏やさを取り戻し始めた。

蒼白《あおじろ》かった彼女の顔色には次第に健康的な赤みが戻ってくる。

周囲がその変化に息を呑んだ瞬間、クリフは声をかけた。

「大丈夫か……？　気分はどうだ？」

こくりと、ミレーユは頷く。

「ええ……」

自分の身に何が起こったのか理解しきれていない様子のミレーユは、それだけ呟いた。

それだけで、クリフにとっては充分であった。

「良かった……!!」

クリフは心底安心したように、ミレーユを固く抱きしめた。

瞬間、会場にいた貴族たちから歓声が上がった。

「ミレーユ様はご無事だぞ……!!」

「すげえ！　何が起こったんだ……!?」

「アメリア嬢が飲ませた薬で治ったように見えたぞ……!!」

会場内は興奮と拍手で溢れ、一部の者はアメリアに尊敬の眼差しを向けた。

一連の流れを見守っていた人々の中には、アメリアが渡した薬によってミレーユが回復したと理解した者もいたようだった。

（良かった……本当に……）

アメリアは心からの安堵をしていた。もし自分が何もせずに見過ごしていたら、下手するとミレーユは呼吸困難で命に関わっていたかもしれない。

そんな想像をするだけで、背筋が冷える。

万が一のために常備している薬の中に、彼女を救えるものがあって良かったと心底ほっとした。

「一体、なんの薬だったのかね？」

クリフがアメリアに尋ねる。

「アレルギー性の咳を抑える薬です」

「あれる……なんだって？」

「アレルギー……えっと、特定の物質に対して身体が過敏に反応してしまうことです。猫の毛を吸い込んだら咳が止まらない、目が赤くなるとか……」

「なるほど……確かにうちの使用人の中でも、エビを食べると発疹《ほっしん》が出てしまう者がいるな」

「そうですそうです。ミレーユさんに飲んでいただいたのは、そういったアレルギーの症状を抑える薬です」

アメリアは続ける。

「今回のケースでは、空気中に漂う花粉が原因だったと思われます」

「花粉？」

「はい。キーテムの花から放出された花粉に、ミレーユさんがアレルギー反応を起こしたのだと思います。おそらくですが……」

ここでアメリアは言葉を切って、言いづらそうに言葉を口にした。

「エリンがキーレムを倒した時に花粉が舞い上がって、それがミレーユさんの症状をひどくしたのかと……」

「またか……」

ローガンが頭を押さえる。

本当にいらんことばかりをしてくれるなと、呆れ果てている様子だった。

「なるほど、納得したわ……」

クリフの腕の中で、ミレーユは言う。

「確かに、キーテムが花開く季節になると、鼻がむずむずしていたのよ」

「アレルギーは特定の物質を一定量摂取すると発症しやすいと言われているので……今回はそれが、キーテムの花粉だったのですね」

先ほどからすらすらと解説をするアメリアに、クリフは尋ねる。

「アメリア嬢は……医者か何かなのかね？」

「あっ……」

アメリアは気づく。

周囲が、自身の持つ知識の根拠を不思議がっていることを。

そもそもただの令嬢は医学に関する知識など持っていない。

ましてやアメリアは、読み書きもロクにできないだの、無能だの散々の評判を持つ、教養とは程遠い存在のはずだ。

にも拘わらず、専門家顔負けの知識を披露し、実際にミレーユを回復してみせたアメリアに、その場にいた貴族たちは少なからず畏怖を覚えていた。

アメリアの返答に、クリフを含め貴族たちが注目している。

「えっと、その……」

アメリアは返答に困っていた。この知識は全部独学で身につけたもので、薬も自分で調合したものですと、ついこの間までなら答えていただろう。

聞かれたから、正直に答えたといった具合に。

しかし今その返答をするのはまずいとアメリアは理解していた。

アメリアの持つ凄《すさ》まじい薬学、医学知識については秘匿すると、ウィリアムと話をしたばかりだからだ。先ほどはミレーユを治すことに必死で頭からすっぽ抜けていたが、終わってみると自分の行動は迂闊《うかつ》だったとしか言いようがない。

（どうしよう……）

こうなった以上は誤魔化すしかないのだが、良い内容が思い浮かばず口を開けないでいると。

「俺がアメリアに教えたんです」

状況を冷静に察していたローガンが、堂々とした素振りで口を開く。

人々の目がローガンに集まった。

「ヘルンベルク家の人間になる以上、様々な教養を身につけておかなければいけません。婚約者であるアメリアには、基本的な読み方はもちろんのこと、数学や古典、化学、そして医学的な知識も家庭教師をつけて教えています」

「ほう、なるほど」

クリフが納得したように頷く。

「つまりローガンの教育の賜物《たまもの》か」

「まだまだ学ぶことは多いですがね」

あくまでも教えている側だと、ローガンは余裕な笑みを浮かべる。

「アメリア嬢が薬を持っていたのも、その一環かね？」

「ああ、それは……」

頬を掻き、逡巡の素振りを見せてからローガンは言う。

「我がヘルンベルク家の調薬師が作った薬を、応急処置用としてアメリアに持たせているのです」

「なるほど、心配性なんだな」

「愛する婚約者にもしものことがあってからでは遅いので」

ローガンの説明に、周囲の貴族たちはクリフを含め納得したようだった。

「そういうことだったのか……」

「流石、『知の巨人』と名高いヘルンベルク家」

「婚約者への教育も万全とはな」

「万が一のために薬まで持たされてるって……」

「アメリア嬢、とても愛されてるのね」

雰囲気が一変し、賞賛の声がローガンに集まる。

会話の中心が自分からローガンに逸れたことで、アメリアは胸を撫《な》で下ろした。

ローガンにしか聞こえないよう、ほんの小さな声でアメリアは言う。

「ありがとうございます」

「どうってことない」

ローガンも、アメリアだけ聞こえる声量で答えた。

その後、ミレーユがアメリアに感謝の言葉を述べる。

「アメリアさん、本当にありがとうございました」

すっかり回復したミレーユは立ち上がって、頭を深々と下げて感謝の言葉を口にした。

「おかげで妻が助かった。本当に、感謝してもしきれない」

クリフも加わり、妻を助けてくれたことに深く感謝の意を示した。

「お役に立てて光栄です」

アメリアが優雅な笑みを浮かべ、空気は一層和やかになったのだった。

お茶会はその後、ゆっくりとお開きになった。

夕暮れが近づき良い時間になったのと、ミレーユの体調も考慮してのことだった。

貴族たちは名残惜しそうにしながらも、満足した様子で会場を後にしていた。お茶会の時間は当初より短くなったものの、なかなか濃い時間を過ごしたと彼女たちは感じているのだろう。

今まで醜穢令嬢として悪い噂しかなかったアメリアが、妹エリンとの読み解き対決に勝利した。

それに付随するエリンの大暴走に加え、急な体調不良に見舞われた夫人を的確な処置によって助けたという、イベント盛りだくさんなお茶会だった。

それらの事実は貴族たちの中に強い印象として刻まれた。

この出来事は後日、話に尾ひれがついて、アメリアの評価の上昇と、エリンの評判の失墜という形で、社交界を駆け巡るのだった。

第五章　お茶会が終わり、そして

お茶会帰りの馬車の中。

「ふーんふふふーん」

ローガンの隣に座るアメリアが、たくさんの小袋を胸に鼻唄を奏でている。

「嬉《うれ》しそうだな」

「そりゃあもう！」

むふーっと息を荒くしてアメリアが力説する。

「オータム・エクリプスにミッドナイト・サファイア！　最終問題で出たミレーユさんのオリジナルブレンドまで……まさに紅茶の宝ですよ！」

アメリアが抱える茶葉たちは全て、エドモンド夫妻から貰《もら》ったものだった。

茶葉の読み解きの全問正解景品、加えてミレーユを助けてくれたお礼として、たくさんの茶葉を譲り受けたのだ。今アメリアの胸の中にある紅茶の一つ取ってみても、愛好家からすると喉から手が出るほど欲しい代物だ。ヘルンベルク家に来て、すっかり紅茶を嗜《たしな》むようになったアメリアが興奮しないわけがなかった。

「それに、キーテムちゃんもお迎えできましたし……」

ちらりと、アメリアは馬車の荷台の方を見やった。

行きには付いていなかった馬車の荷台には、立派なキーテムが聳《そび》え立っている。

お茶会の終わり際、ミレーユのアレルギーを鑑みキーテムが伐採されそうになっていたのをアメリアが必死に止めたのだ。植物を愛するアメリアにとって、何も悪くないキーテムが伐採されてしまうなんて見過ごせるわけがなかった。ローガンの計らいもあって結果的に、キーテムはヘルンベルク家の庭園に迎えられることとなったのだった。夕暮れに反射しオレンジ色に煌《きら》めく姿はまるで、新天地への門出に期待を膨らませているようである。

「庭園の彩りがまた良くなるな」

「私がベストな場所に置いて、キーテムちゃんが輝けるようにいたします」

拳を握りアメリアは意気込んだ。

するとアメリアは「忘れてたっ」とばかりにハッとして、紅茶の小袋をいそいそと対面の座席に移動させた。それから椅子の上で正座をして、アメリアは言葉を口にした。

「ローガン様、今日は申し訳ございませんでした」

深々と頭を下げるアメリアにローガンは目を瞬かせる。

「何に対する謝罪だ？」

「何って……」

バツの悪そうに目を逸《そ》らして、アメリアは言う。

「ローガン様が席を外している間に、エリンの口車に乗ってしまったせいで……あのような事態を引き起こしてしまい……あの時、勝負を受けないわけにはいきませんでした」

アメリアの説明に、ローガンは神妙な顔をして尋ねる。

「一応訊《き》くが、なぜ勝負を受けたのだ？」

「………お恥ずかしながら、腹が立ったのです」

顔を上げたアメリアの頬には、ほんのりと赤みが差していた。

「エリンに、私には勝負事に挑む度胸がないと、期待はずれだと言わんばかりに煽《あお》られてしまい……」

「そんなことを言われたのか」

こくりと、アメリアは頷《うなず》く。

自分のいない間にアメリアが馬鹿にされていたのかと怒りを覚えるローガンが、続けて尋ねる。

「それで、ムカついたのか？」

「ええ！　それはもう！」

今思い出しても腹が立つとばかりに、アメリアが握り拳をぶんぶん縦に振る。

そして、叫んだ。

「めっっっっっっっっっちゃムカつきました！！！！」

馬車の中で弾《はじ》けた声は外まで響いて、御者の肩をびくりと震わせた。

おおよそ、貴族令嬢とは思えない台詞《せりふ》を言い放ったアメリアに、ローガンがぽかんとする。

すぐにアメリアは我に返った。

「も、申し訳ございません、私ったら、なんてはしたないことを……」

「くくっ……」

あわあわと羞恥を覚えるアメリアに対し、ローガンは口を押さえ笑みを漏らす。

「くくっ……ははは……」

「ちょっ……ローガン様!?　なんで笑うのですか……!?」

耐えきれないとばかりに笑い始めるローガンに、アメリアが抗議の目を向ける。

「すまない、すまない。まさかアメリアから、そんな言葉が聞けるなんて、思ってもいなくてな」

ローガンが言うと、アメリアはむっと頬を膨らませた。

「怒っていいと言ったのは、ローガン様じゃないですか」

「ああ、その通りだ。だから、アメリアが謝る必要はない、むしろ……」

ローガンが目元を優しげに緩ませて、手を伸ばす。

「ちゃんと怒ることができて、偉かったな」

ローガンの手が、アメリアの耳に触れる。

耳から首筋にかけて、そっと撫《な》でられた。

ローガンの手つきはくすぐったくも心地よい。

胸の中を暴れていた怒りの感情が、急速に鳴りを潜めていった。

心が穏やかになってから、アメリアは言うか言うまいか逡巡《しゅんじゅん》していた言葉を口にする。

「理由は、それだけじゃありません……」

「ほう」

「少しでも、ローガン様の役に立ちたい、という考えもありました」

「俺の？」

こくりと、アメリアは頷く。

「私が茶葉の読み解きで良い成績を出すことで、ローガン様の評価も上がるんじゃないかなと……」

ローガンが微《かす》かに目を見開く。

「私が嫁いだこともあり、お世辞にもヘルンベルク家の評判は良くない方へ向いたんじゃないかと、思うところがありまして……」

おぼつかない口調でアメリアは続ける。

「なので、読み解きで勝利することによって多少は印象が向上するんじゃないかという浅はかな目《もく》論《ろ》みがあってひゃあうっ……!?」

言葉が最後まで終わらなかったのは、ローガンがアメリアをそっと抱き締めたからだ。

「ロ、ローガン様……!?」

突然の抱擁にアメリアは狼狽《ろうばい》する。

甘い匂いが鼻腔《びこう》をくすぐり、なんの構えもできていなかった心が動揺する。

「よく、頑張ったな」

ローガンの温《ぬく》もり、包み込むような安心感の中、労《いたわ》りの言葉が耳元に落ちる。

「今日のお茶会を通してのアメリアの振る舞い、気遣い、読み解きでも活躍、急病を患ったエドモンド夫人への対処……どれを取って見ても、素晴らしいの一言だった」

愛《いと》おしげな声が、耳元に落ちる。身体《からだ》をゆっくりと離し、両肩に手を添えて。

アメリアの目を真《ま》っ直《す》ぐに捉えて、ローガンは言葉を紡いだ。

「俺の婚約者として、百点満点の動きをしてくれた。改めて感謝をしたい。ありがとう、アメリア」

ローガンの言葉は、アメリアの心を大きく震わせた。

ヘルンベルク家に来てから、感謝を言われることは増えた。

しかしローガンの言葉は格別で、いつも胸の奥の深いところを温かくしてくれる。

それも今回は、アメリアの必死の頑張りに対する感謝。

コリンヌに厳しく指導される日々や、夜な夜な知識を身につけていた記憶が蘇《よみがえ》って——じんわりと、瞳の奥が熱くなった。油断したら目尻から熱い雫《しずく》が流れ出てしまいそう。

何度も瞬《まばた》きをしてから、ローガンの目を見る。

コリンヌに教わった作ったものではなく、自然な笑みを浮かべてアメリアは言った。

「お役に立てて……何よりです」

思い返すと、今回のお茶会はいろいろなことがあった。

うまくいったこと、いかなかったこと。ローガンは百点だと言ってくれたが、ヘルンベルク家の夫人になる身としては、まだまだ至らない点も多々ある。

しかし少なくとも、このお茶会を通じて成長は実感していた。

公爵夫人としての振る舞いはもちろんのこと、自分の心も。ヘルンベルク家にやってきた当初は、自信の欠片《かけら》も持ち合わせておらず、常に周囲の視線に怯《おび》えていた。

何かあれば私が悪いのだと自分を卑下していた。

しかし今日、久しぶりに再会したエリンに侮辱され、アメリアは怒りを覚えた。

己のプライドをかけて、自分の意志でエリンと対峙《たいじ》し、戦った。

運が悪ければ負けていたかもしれない状況の中、それでも良いとリスクを取ったのだ。

自分に自信がなければ、このような真似《まね》はできない。

つまりこの一連の行動は、アメリアが明確な自信をつけ始めているという何よりの証拠だった。

その変化を実感できただけでも、今日は大収穫と言えよう。

「ローガン様も、ありがとうございました」

アメリアの感謝に、ローガンが身体を離す。

「エリンに打《ぶ》たれそうになったところを、助けてくれて……」

「言っただろう」

口元を綻ばせ、アメリアの肩に手を添えて、ローガンは言葉を口にする。

「何があっても、俺がアメリアを守ると」

どくん。強い意志の籠ったローガンの言葉に、心臓が跳ねる。

「えへへ……」

照れと嬉しさでいっぱいになって、アメリアは思わず笑みを溢《こぼ》した。

「君は、いつも美しい笑みを浮かべるな」

鼓動が速まる。

「そ……そう、でしょうか？」

「ああ。ずっと、見ていたくなる」

ローガンの手がそっと、アメリアの頬に触れる。

大きな掌《てのひら》の温もりを実感しただけで、心臓がどくどくと胸を揺らした。

「ローガン様」

妙に上擦った声で、心の内を吐露する。

「私、最近おかしいんです」

ぎゅ……と、胸の前でアメリアは手を握る。

「ローガン様を見ていたり、声を聞いたり、お身体に触れたりしていると……胸のあたりがざわざわして、熱くなって、落ち着かなくなると言いますか……」

ローガンを見上げるその表情は、ぽうっと熱を帯びていた。

自分の意思と関係なく、息が浅くなる。アメリアの言葉に、ローガンはただ一言だけ返した。

「……俺もだ」

その時、がたんと馬車が揺れた。

大きめの石を弾いたのか、決して小さくない振動が車内を揺らす。

「きゃっ」

「危ないっ」

咄嗟《とっさ》に、ローガンはアメリアを庇《かば》うように動いた。

気がつくと、アメリアは押し倒された体勢になった。

「……すまない」

「いえ……」

言葉はそれで終わりを告げた。お互いの視線が交差する。

自然と、アメリアは目を閉じた。言葉はもはや必要なかった。

ローガンの手が、優しくアメリアの頭の後ろに添えられる。

頭が座席で痛くないようにという配慮すら、身体の芯を熱くする。

ほどなくして、少しだけ乾燥した唇がアメリアの唇に触れた。

触れるだけで終わらなかった。

日常生活の中でするような、触れ合う程度の口付けではない。

欲望に身を任せ、お互いを求め合うような接吻《せっぷん》。

馬車の車輪が振動を拾う音、息が溢《あふ》れる音、湿り気を帯びた音。

時折、アメリアの口から艶っぽい声が漏れる。

音はそれだけだった。

まるでこの瞬間、馬車の中だけ世界から切り離されたかのよう。

荒々しいキスの後、ゆっくりとローガンは顔を離す。

すっかりアメリアの息は上がっていた。

顔はもちろんのこと、耳まで朱に染まっている。

首筋にはじんわりと汗が滲《にじ》み出ていた。一方のローガンも平静ではなかった。

息がほのかに浅く、瞳はただ真っ直ぐアメリアに向いている。

……もっと、欲しいです。

潤んだ双眸《そうぼう》が、ローガンに訴える。

誰かの理性の音が、ぷつんと音を立てた。

再び、ローガンはアメリアに唇を近づけていって……。

――その時、馬車がキッと止まった。

どたどたと外から音がしたかと思うと、ガラガラッと扉が開く。

オレンジ色の光が差し込んできて、アメリアは思わず目を瞑《つぶ》る。

「ローガン様、アメリア様、着きましたよー」

到着を伝えるリオが、車内の様子――座席の上でアメリアを押し倒すローガンを目にして、ピシリと固まった。

「……ごゆっくりー」

ピシャッ。再び、二人きりになった。

しかしもはや、先ほどの空気はどこかへ霧散してしまっている。

「…………」

「…………」

訪れるのは、冷静になって土石流のように到来した特大の羞恥、気まずさ。

先ほどとは全く種類の違う赤色が、二人の顔を染めた。

「……降りるか」

「……はい」

まるで、先生に怒られた後の子供のように、二人はぎこちなく身を起こすのだった。

◇◇◇

夕食時。ヘルンベルク家の食堂は、どこか微妙な空気が漂っていた。

無事お茶会を終えたことを祝して、普段よりも豪勢なラインナップの夕食。

しかし、黙々と食事をするアメリアとローガンの顔はどこか浮かない様子。

体調が悪い、機嫌が悪いといった感情ではないが、お互いがお互いに妙な気を遣っているような、歯切れの悪い雰囲気だった。

「ロ、ローガン様、このお肉……美味《おい》しいですね」

無理やり話題を作ったようにアメリアが言うと、ローガンは「あ、ああ……」とぎこちなく返す。

「そうだな……柔らかいな……」

「良いお肉を、使ってるんですかね……？」

「そうだと思う」

会話はそれで終了した。

二人の纏《まと》う謎の緊張感が伝わり、心なしか使用人たちの表情にも緊張が走っている。

「…………」

「…………」

後にはカチャカチャと、食器の音だけが響いていた。

◇◇◇

「あああああうううあああああああああっっっ…………!!」

夜もどっぷりと更けた頃、アメリアは寝室で奇声を上げていた。

顔を覆い、ゴロゴロとベッドを転げ回っている。

「定期的に奇行に走りますよね、アメリア様って」

シルフィが温度の低い目でアメリアのエンドレスロールを見守っている。

もはや風物詩と化した様子だ。やがて体力が尽き、ぜーはーとベッドに腰掛け直すアメリアの首に、シルフィがタオルをかけてくれた。

「汗を掻《か》いたら、またお風呂に入らないといけなくなりますよ」

「ごめん、シルフィ……でも、それどころじゃなくて……」

「ローガン様と何かあったのですか？」

ぎくうっ!!

「いや、そんな、『なんでわかったの？』みたいな顔をされましても……」

「なんでわかったの!?」

「逆に、なぜわからないと思ったのですか？」

涼やかな顔のままシルフィは続ける。

「お夕食の際も、お二人はどこかよそよそしい気がしました。一大イベントのお茶会後にも拘《かか》わらず、会話もお肉の柔らかさについてだけでしたし……妙に気まずい空気がだったように感じます」

「うっ……」

相変わらずシルフィは鋭い着眼点を持っている。

「本日のお茶会の内容について、リオからある程度報告はありましたが……何か、他にも特筆すべき出来事があったのですか？」

「うっ……うっ……」

シルフィに質問を重ねられて、否応《いやおう》なく思い出してしまう。

帰りの馬車の中、ローガンに押し倒され欲望のまま交わした荒々しい接吻を。

「もしかして……」

ハッと、シルフィは珍しく声のテンションを上げて言った。

「アメリア様、ついにローガン様と……」

「ちちち違うから！　多分想像しているようなことは……ほぼないから！」

「ほぼ？」

アメリアの言葉を、シルフィは聞き逃さなかった。

「ほぼ、とはどういうことでしょうか、アメリア様？」

ずいっと、シルフィが顔を寄せてくる。

今までそういった情事とは無縁で初心《うぶ》なアメリアは口にするのを躊躇《ためら》ってしまう。

しかしやけに熱の籠ったシルフィの圧に押され、観念したようにアメリアは答えた。

「帰りの馬車で……ローガン様と、その……せせせ接吻をしたんだけど……」

「キスくらい今まで何度もしていたじゃないですか」

「ち、違うの。そういう軽いのじゃなくて……」

目を逸らし、頭が沸騰しそうになりながらアメリアは言う。

「その先をしたい……って、思ってしまったの」

「……ははあ、なるほど」

合点のいったようにシルフィは頷いた。

「ようするに、ローガン様を求めてしまった……ということですね？」

こくりと、アメリアは顔を真っ赤にして頷く。

「そのまま行くところまで行けばよかったですのに」

「そういう雰囲気にはなったんだけど……ちょうど屋敷に着いちゃって、リオが馬車のドアの開けたから……その……」

「お邪魔虫が入ったと」

「そこまでは言ってないわよ!?」

「安心してください、リオには後できつく言っておきますので」

「シルフィ、笑顔がなんか怖いんだけど気のせい？」

「冗談はさておき」

すんっと表情を戻してシルフィは言う。

「真面目な話、そろそろ進展があっても良いと思うんですよね」

「進展、というと……？」

「本気で言ってます？」

「…………」

俯《うつむ》き、耳まで赤くなったアメリアを前にして、シルフィはもどかしげに言った。

「アメリア様が不慣れなのはわかりますが……二人は婚約者同士なんですよね？」

「……はい」

「確かに最初は契約として婚約していましたが、今は違いますよね？」

「はい……愛しています」

「ローガン様も？」

「私を愛していると……言葉にしてくれてます」

「だったら、アメリア様のしたいことを、すれば良いのではないですか？」

「わかってるわ……わかってるけど……」

そこが一歩踏み出せていないから、もどかしいのだ。

「アメリア様は、植物に関しては凄《すさ》まじい天才でいらっしゃるのに、男女のことになると途端にアレになりますよね」

アレにはポンのコツ的な言葉が入ると、アメリアは直感的に察した。

「ししし仕方ないじゃない……そういうのとは本当に無縁な人生だったんだし……」

初めて好きになったのも、初めてもっと触れたいと思ったのも、ローガンだ。

どのように関係を進めていいかなんて、わかるはずがない。

「少し意地悪が過ぎましたね」

そう言って、シルフィは助け船を出してくれる。

「物事には順序というものがあります。愛する者同士が取るコミュニケーションをいきなりやれと言われても、難しいものがあるでしょう」

こくこくと、アメリアはその通りと言わんばかりに頷いた。

「というわけで……」

まるで悪戯《いたずら》を思いついた子供のような笑みを浮かべて、シルフィは提案した。

「とりあえず、一緒に寝てみてはいかがでしょうか？」

「いいい一緒に……!?」

ギョッとするアメリアに、シルフィは冷静に言葉を返す。

「邪《よこしま》な意味ではありませんよ？　添い寝です、添い寝。婚約者同士ですし、実質夫婦なんですから、何もおかしくないでしょう？」

「そ、そうね、確かに……」

「……まあ、添い寝の延長で何かあるかもしれない、という可能性は充分にありますが」

「え？」

「なんでもございません」

何やら意味深な言葉が聞こえた気がしたが、アメリアの思考は別の方に移っていた。

（添い寝……か……）

当初、アメリアとローガンは契約結婚の形で婚約したため、寝室は分けられていた。紆余《うよ》曲折《きょくせつ》あって二人は両想《りょうおも》いとなったが、寝室を同じにするという発想はすっぽり抜け落ちていた。

シルフィに言われて、具体的なイメージがぽわぽわぽわ～と頭に浮かぶ。

（ローガン様と、添い寝……）

自分の意志と関係なく、口元がだらしなく緩んでしまった。

「わかりやすいですね、アメリア様は」

シルフィの声でハッと我に返り、慌てて表情を引き締める。

「確かに、添い寝は良い案だと思うわ」

冷静になった頭が、一抹の不安をもたらした。

「でも……ローガン様の迷惑にならないか、心配も……」

「そんな不安がる必要はないと思いますよ」

「え？」

優しげに目を細めて、シルフィは言う。

「ローガン様は、アメリア様のことをよく見ておられます。アメリア様の気持ちも、すでに察しているると思いますよ」

「だと、良いんだけど……」

「なので、アメリア様が何かする必要はないと思いますよ」

「……？」

つまり……何が言いたいのだろう？

シルフィの言葉の真意を測りかねていた、その時だった。

コンコンと、部屋にノックの音が響き渡る。

「アメリア、まだ起きているか？」

「あ、はい！　起きてます！」

アメリアが言うと、ローガンが入室してくる。

「噂《うわさ》をすればなんとやらですね」

ぼそりとシルフィが呟《つぶや》き、二人の会話の邪魔にならないよう後ろに下がった。

「い、いかがなさいましたか、ローガン様？」

おずおずと尋ねるアメリアに、ローガンは「あー、えっとだな……」と、気まずそうに首の後ろを掻きながら言った。

「今日から寝室を共にしないか？」

◇◇◇

（ローガン様の寝室……入るのは初めてね……）

大きくてふかふかなベッドの上で、アメリアは自分の寝室から持ってきた枕を抱き締めていた。

（お、落ち着きなさい、私……）

明らかに緊張しているのがわかる。

精神の乱れを整えるべく、アメリアはローガンの寝室をきょろきょろ見回す。ローガンの寝室は、アメリアがこれまでに見たどの部屋よりも広く、内装にも豪華さが際立っていた。

壁には精緻な装飾が施され、天井からは大きなシャンデリアが輝いている。

アメリアが座っているベッドも、自分の寝室にあるものよりも三回りほど大きく、ふかふかとしたマットレスが身体を優しく受け止めている。

しかし一方で調度品や個人の私物といった物は少なく、無駄な物は揃《そろ》えないというローガンの性格を如実に表しているように見えた。

「急にすまないな」

寝巻き姿のローガンが就寝の準備を終え、ベッドに上がってきて言う。

「いえ！　大丈夫です！　今晩はどうぞよろしくお願いいたします」

正座でピンッと背筋を伸ばし、これから荘厳な儀式でも行われるのかとばかりにアメリアは言う。

「そんな畏《かしこ》まることでもないだろう」

苦笑を浮かべてから、ローガンは言った。

「じゃあ……寝るか」

「は、はい……お邪魔させていただきます……」

「俺は明かりを落とす。先に入っててくれ」

「わ、わかりました……」

ぎこちない所作で、ローガンの布団に身を滑り込ませる。

普段、自分が使っているベッドとは違うシーツの肌触り、クッションの弾力。

枕は自分のものだから感触は同じのはずなのに、それすらも違うように感じる。

しかし何よりも……。

（ローガン様の、匂いが……!!）

それが一番、アメリアの胸をバクバクと高鳴らせていた。ローガンがいつも身に纏う爽やかなシトラス系の匂いが濃く漂っていて、息をするだけで頭がクラクラしてしまう。

じきに明かりが落とされて、部屋が暗闇に満たされる。

それからローガンはアメリアの横に身を滑らせた。

「寝心地は大丈夫か？」

「は、はい……とても良い寝加減だと存じます……」

「風呂みたいな表現だな」

ふっと、小さく笑う気配。そのやりとりを最後に、言葉が途切れる。

自分以外の吐息、時々、衣擦《きぬず》れの音が聞こえてくる。

肩と肩が触れ合う距離にローガンがいる。

その事実が、アメリアの目をバチッと冴《さ》えさせていた。

（ね、寝られるわけがない……）

氷に触れているように固まった身体、ドキドキと高鳴る胸。

誰かと一緒に寝るなんて、遠い昔に亡くなった母以来のこと。

それも自分の愛する人となれば　緊張どころの話じゃなかった。

「すまなかった」

静寂に、ローガンの声が落ちる。

「お互いに想いあっているとわかってからも、寝室を別にしていたことを申し訳なく思っている。

本当はもっと早く切り出すべきだったが、タイミングを見失っていた」

「い、いえ……」

アメリアは頭《かぶり》を振る。

気にしないでください、どのタイミングでも、寝室を一緒にする提案をしてくれて嬉しいです。

そんな言葉が頭に浮かんだ。しかし、口に出たのは全く別の言葉だった。

「ローガン様は、やっぱりずるいです……」

「む？」

「先ほどから……私はずっと緊張しているのに、いつも通り余裕があって……」

「そう思うか？」

「えっ？」

大きな衣擦れの音。夜目に慣れてきた目が、こちらを向いたローガンを捉える。

「俺が少しも緊張していないと、本当にそう思うか？」

どくんっと、一際大きく心臓が跳ねる。

カーテンの隙間から差し込む月明かりが、ローガンの顔の輪郭をぼんやりと照らしている。

表情は見えないが、なんとなく、余裕を失っているように感じた。

唐突に、身体を引き寄せられた。自分よりも高い体温が包み込んでくる。

顔にローガンの寝巻きが触れ、頭の奥まで甘い匂いに満たされて目が回りそうになる。

「苦しくないか？」

こくこく。アメリアは頷く。

「嫌だったら、言ってくれ」

その声はどこか余裕がなさげで、息遣いも浅い。

「嫌なわけ……ないじゃないですか……」

きゅ……と、アメリアはローガンの寝巻きに触れ、摑《つか》んだ。

すると、ローガンがアメリアの髪を撫でてくれる。

優しい手つきながらも、いつもと比べて心なしかぎこちないように感じた。

流石《さすが》のアメリアでも、わかる。自分の存在が、ローガンの心を乱している。

自覚した途端、なんとも言えない嬉しさが胸に沸き起こった。

ごそごそと、ローガンの胸にアメリアは身を寄せた。

まるで、子猫が親に擦り寄るように。

「あったかいです……」

呟き、目を閉じる。とく、とくと、自分のものではない心音が聞こえてきた。

まるでこのベッドだけしか、世界に存在しないかのような感覚。

今日、馬車の時に抱いた激情とは全く別の、穏やかな感情が胸を満たす。

（あ……だめ……かも……）

不意に眠気が到来した。今日はお茶会のこともあり大分疲労が溜《た》まっていた。

それに加え愛する人に抱き締められ、頭を撫でられるという多幸感で、アメリアの意識は急速に遠のいていった。

気がつくと、アメリアはローガンの胸に抱かれて、規則正しい寝息を立て始めるのだった。

◇◇◇

「……アメリア？」

月明かりだけが照らすベッド。

胸の中にいる愛しの人に声をかけるも、返ってくるのは気持ちよさそうな寝息のみ。

（……寝てしまったか）

そっと、ローガンは息をついた。

今日一日のお茶会を思い返す。

（無理もない、か……）

アメリアは一生懸命、ローガンの婚約者として振る舞っていた。

社交の場の経験がほとんどない中、コリンヌによる数日の指導によってあれほどのクオリティに仕上げたのは、ひとえにアメリアの頑張りの賜物《たまもの》だろう。

アメリアの活躍はそれだけではない。

茶葉の読み解きにおいて妹エリンと対峙し、見事勝利を摑み取った。

加えて、急遽《きゅうきょ》体調を崩したミレーユに適切な処置も行った。

此度《こたび》のお茶会において、ローガンが期待した以上の動きをアメリアは見せた。

今日のたった一日だけで、アメリアへの評価はもちろんのこと、ヘルンベルク家の評判も上昇したことだろう。

思い返せば思い返すほど、胸の中で寝息を立てるアメリアへの愛しさが溢れ出て……。

──私、最近おかしいんです。

帰りの馬車の中の記憶が呼び起こされる。

頬を赤く染めたアメリアが、上擦った声で言う。

──ローガン様を見ていたり、声を聞いたり、お身体に触れたりしていると……胸のあたりがざわざわして、熱くなって、落ち着かなくなると言いますか……。

「…………っ」

思わず、ローガンは固く目を閉じた。それから、ゆっくりと深呼吸をする。

自身の奥底から顔を出した感情を、理性で押し止《とど》めた。

「これの、どこが余裕だ……」

小さく、自嘲気味にローガンは呟く。

きっと部屋が明るければ、余裕を失ったローガンの面持ちが露《あら》わになっていただろう。

添い寝の提案には、ローガンなりの思惑もあった。

愛し合う者同士、寝床を共有して何も起こらないなどとは思っていない。

ここ数日、アメリアが抱いていた激情と同じものをローガン自身も自覚していた。

今まで接吻以上のことをお互いしなかったのは、現状の距離感、触れ合いでも充分幸せで満足だったからという側面が大きい。しかし、ローガンだって立派な男性だ。

性欲がないわけではない。

今日、馬車の中でローガンははっきりと自覚した。

――アメリアが欲しい、と。

そろそろ関係を進めるべきだと、ローガンは考えていた。

アメリアとは契約結婚ではなく、お互いに心から愛し合っている。

むしろ手を出さない方が、アメリアを不安にさせてしまうだろう。

そんな諸々《もろもろ》の思惑を踏まえての、提案だった。とはいえ、今晩はアメリアが疲労により先に寝入ってしまったので、何も起こることはなさそうだが。

(焦ることはない、か……)

この手のことは、自然な流れで起こるべくして起こるものだとローガンは思っている。

アメリアの心の準備もあるだろうから、こちらから強引にする必要もない。

時が来れば、その際に考えれば良いのだ。

赤く、艶やかな髪にそっと指を添わす。

ヘルンベルク家に来た当初はガザガザだった髪も、今や絹糸のように艶やかだ。

確実に良い方向へ変化している実感を得て、ローガンは穏やかな笑みを浮かべた。

愛し人の額に、ローガンはそっと口付けをする。

いよいよ自分も本格的に寝る体勢に入ってから、言葉を空気に溶かした。

「おやすみ、アメリア」

エピローグ

アメリアとローガンが穏やかな時間を過ごしていた頃、ハグル家の実家。

「なんてことをしたんだ!!」

セドリックの怒号が、広々としたリビングに響き渡る。

「ミホーク家の当主から話を聞いたぞ！　エドモンド家のお茶会で散々やらかしたそうだな！」

セドリックの声は震えるほどの怒りに満ちていた。

眼前のソファに座るエリンは、膝の上で拳を震わせ目を伏せている。

「公衆の面前でアメリアを侮辱し、エドモンド家が開催したイベントで使用人に賄賂を渡して不正を働くなど、何を考えているんだ!?」

ドンッと、セドリックはテーブルを叩《たた》く。

その衝撃で部屋にあった飾り物が僅かに揺れた。エリンは黙ったまま俯《うつむ》くばかりだった。

その様子を不憫《ふびん》に思ったのか、母リーチェが優しく口を挟む。

「アナタ、もうその辺に……エリンも反省しているようですし……」

「いいや我慢ならん！」

セドリックが頭《かぶり》を横に振る。

「ヘルンベルク家だけならまだしも、エドモンド家にも迷惑をかけるとは……!!　今回は賠償金だけではすまんぞ！　賄賂も脅迫も立派な犯罪だ。下手をすると我がハグル家そのものが処罰を受ける可能性がある！」

セドリックの怒号には怒りの他に焦りも含まれていた。

今回エリンが不義を働いた相手は公爵家だ。

伯爵家よりもずっと格上で、敵に回したことの影響は計り知れない。

賄賂は明確な犯罪行為であり、特に公の場での不正行為は家全体の名誉を傷つける。

そして、エリンはまだ未成年で親の保護下だ。

法的には、親であるセドリックとリーチェにその行動の責任が及ぶ。

よって、ハグル家自体が、賠償金や領地内での行動の制限、最悪の場合取り潰しなどの重い罪を背負わされるのだ。

リーチェもそれは重々承知のようで、心配そうにセドリックを見つめている。

いつもはエリンの味方のリーチェも、今回ばかりは庇《かば》いきれないようだった。

流石《さすが》のエリンも、本件に関しては自分に非があると自覚しているのか、誠心誠意のごめんなさいをセドリックに……。

「あぁもう！　うるさいうるさいうるさい！」

するわけがなく、もう我慢できないとばかりに叫んだ。

「悪かったって言ってるでしょ！　何もそんなに言うことないじゃない！」

セドリックの怒号にエリンも負けじと対抗する。

この親にしてこの子ありであった。

「おまっ……怒られるだけで済むと思っているのか!? 下手すると捕まるんだぞ！」

「子供を守るのが親の責任でしょ！ なんとかしてよお父様！」

エリンが叫ぶも、セドリックはうぐっと言葉を詰まらせる。

「……潤沢な金さえあれば、こちらも手の打ちようがあったが……」

「知らないわよそんなの！ お金がないのはお父様の責任でしょ！」

エリンの言葉に、セドリックは口を噤《つぐ》む。メリサのやらかしによる、ヘルンベルク家からの多額の賠償金請求は確かにセドリックの落ち度だった。

故に強く反論することができない。

「と、とにかく……お金以外に出来ることをするんだ！ まずはヘルンベルク家、エドモンド家、両家に直接謝罪しに行く」

「はあ!? もしかしてお父様、アメリアに謝れと言うの？」

正気かとばかりにエリンが目を見開く。

「当然だろう！ 今回は完全に我が家に非がある。まずは謝罪をして、こちらに誠意があることを示さねば……」

「嫌よ！ 絶対に嫌！」

セドリックの言葉を遮ってエリンは叫ぶ。

「アメリアに頭を下げるくらいなら死んだ方がマシよ！」

今まで散々アメリアを下に見てきたエリンにとって謝罪するなんぞあり得ない。

地面がひっくり返っても頭を下げるものかという姿勢だった。

「私は悪くないわ！　全く！　これっぽっちも！　悪くない！　絶対に私は謝らないから！」

「エリン！」

ぱちーん！

乾いた音がリビングに響き渡った。

我慢の限界を迎えたセドリックがエリンを平手打ちをしたのだ。

「エリン！　大丈夫!?」

実の親に頬を打たれて呆然《ぼうぜん》とするエリンに、リーチェが駆け寄る。

「あなた！　やりすぎよ！　私の可愛《かわい》いエリンを叩くなんて……」

セドリックは頭に血が上って衝動的に打《ぶ》ってしまったようで、リーチェの言葉にハッと我に返っていた。

一方のエリンは沸々と怒りを爆発させたようで、ギンッとセドリックを睨《にら》みつけて言い放った。

「お父様なんて大っ嫌い!!　もう知らない！」

「こ、こら！　エリン！　まだ話は終わってないぞ！」

背中に受けるセドリックの言葉を無視して、エリンはリビングを立ち去る。

階段を上がり、自分の部屋に駆け込んで鍵をかけた。

「エリン！　開けなさい！　開けるんだ！」

ドンドンと、セドリックが扉を叩く音が響く。

自分が暴れて荒れ果てた部屋の中。

「私は悪くない……悪くない……!!」

ベッドの脇に腰を下ろし、エリンは耳を塞ぐ。

「悪いのは全部……お姉様なんだから……!!」

現実から逃れるようにそう言い聞かせるエリンであった。

リビングではリーチェが呆然とした表情でへたり込んでいる。

セドリックはエリンのドアを乱暴に叩き、怒号を響かせていた。

三者三様に、これからやってくるであろう重い処罰から目を背けている。

着実に幸せへの道を歩んでいるアメリアに対して、ハグル家の住人たちは着々と崩壊へと突き進んでいたのだった。

あとがき

お久しぶりです、青季ふゆです。

醜穢《しゅうわい》令嬢三巻をお手に取って頂きありがとうございます。

というわけで、アメリアちゃんよく頑張りました回ですね！

エリンに虐げられてばかりだったアメリアが、自分の力で反撃し勝利をもぎ取るという成長を見せてくれて、作者としては感慨深いばかりでございます。とはいえ、ローガンとは相変わらず中学生みたいな恋愛をしているので、アメリアにはさらなる成長をして欲しいものですね！

例によって今回もあとがき一ページというコンパクト仕様なのでこの辺りで謝辞を。

担当Kさん、三巻もありがとうございました。今巻はかなりギリギリ進行で胃袋をキリキリさせてしまったかと存じますが、こうして無事刊行出来て良かったです。ありがとうございました。

イラストレーターの白谷ゆう先生、三巻も素敵なイラストをありがとうございました。アメリアとローガンが向き合って幸せそうなカバーを見ていると、思わず顔がにやけてしまいます。

遠い田舎で見守ってくださっている両親、ウェブ版で惜しみない応援をくださった読者の皆様、本書の出版にあたって関わってくださった全ての皆様に感謝を。

本当にありがとうございました。それではまた、四巻で皆様とお会いできる事を祈って。

青季ふゆ

作品のご感想、
ファンレターを
お待ちしています

あて先

〒141-0031　東京都品川区西五反田 8-1-5 五反田光和ビル4階
ライトノベル編集部
「青季ふゆ」先生係／「白谷ゆう」先生係

スマホ、PCからWEBアンケートにご協力ください

アンケートにご協力いただいた方には、下記スペシャルコンテンツをプレゼントします。
★本書イラストの「無料壁紙」　★毎月10名様に抽選で「図書カード（1000円分）」

公式HPもしくは左記の二次元バーコードまたはURLよりアクセスしてください。
▶ **https://over-lap.co.jp/824008039**
※スマートフォンとPCからのアクセスにのみ対応しております。
※サイトへのアクセスや登録時に発生する通信費等はご負担ください。

オーバーラップノベルスf公式HP ▶ **https://over-lap.co.jp/lnv/**

OVERLAP NOVELS f

誰にも愛されなかった醜穢令嬢が幸せになるまで 3
～嫁ぎ先は暴虐公爵と聞いていたのですが、気がつくと溺愛されていました～

発行 2024年4月25日 初版第一刷発行

著者 青季ふゆ

イラスト 白谷ゆう

発行者 永田勝治

発行所 株式会社オーバーラップ
〒141-0031
東京都品川区西五反田 8-1-5

校正・DTP 株式会社鷗来堂

印刷・製本 大日本印刷株式会社

Printed in Japan
ISBN 978-4-8240-0803-9 C0093

【オーバーラップ カスタマーサポート】
電話 03-6219-0850
受付時間 10時～18時(土日祝日をのぞく)

誰にも愛されなかった醜穢《しゅうわい》令嬢が幸せになるまで
漫画◉空木おむ　原作◉青季ふゆ　キャラクター原案◉白谷ゆう

2024年 コミックガルドにて
コミカライズ決定!!
続報を
お見逃し
なく！

異世界の知識で薬を作って、
街の人々のお悩み解決!!
OVERLAP NOVELS f
侯爵家の次女は姿を隠す
1
A marquise's daughter becomes a pharmacist and lives the slow life
家族に忘れられた元令嬢は、薬師となってスローライフを謳歌する
[著]中村 猫 [ill.]コユコム
侯爵家に生まれたセレスティーナは前世の記憶を持っている特別な子だったが、両親に存在を忘れられていた。薬学の知識を活かして、困っている人たちをこの世界にない薬で助けていく!! 家族から忘れられていた元令嬢が少しずつ幸せになっていく物語。

王太子に婚約破棄された
公爵令嬢と結婚!?
紫音
イラスト：凪かすみ
ルベリア王国物語
～従弟の尻拭いをさせられる羽目になった～
第6回
オーバーラップ
WEB小説大賞
【大賞】受賞！
王族の血を引きながらも近衛隊に所属するアルヴィスは、突如国王陛下の呼び出しを受け、
公爵令嬢エリナとの婚約を告げられる。エリナは王太子の婚約者だったのだが、
実は彼女が一方的に婚約破棄されたと発覚。アルヴィスは王族に戻ることに……!?
OVERLAP NOVELS f

第12回オーバーラップ文庫大賞
原稿募集中!
イラスト：じゃいあん
【締め切り】
第1ターン 2024年6月末日
第2ターン 2024年12月末日
各ターンの締め切り後4ヶ月以内に佳作を発表。通期で佳作に選出された作品の中から、「大賞」、「金賞」、「銀賞」を選出します。
その物語は、
きっと誰かが
好きな物語。
【賞金】
大賞…300万円
(3巻刊行確約+コミカライズ確約)
金賞……100万円
(3巻刊行確約)
銀賞………30万円
(2巻刊行確約)
佳作………10万円
投稿はオンラインで！ 結果も評価シートもサイトをチェック！
https://over-lap.co.jp/bunko/award/
〈オーバーラップ文庫大賞オンライン〉
※最新情報および応募詳細については上記サイトをご覧ください。
※紙での応募受付は行っておりません。